ペンテジレーア

クライスト［作］
仲正昌樹［訳］

論創社

ペンテジレーア

目次

登場人物

アマゾン女族の女王
ペンテジレーア

アマゾン女族の指揮官
プロトエ
メロエ
アステリア

ディアナ[1]の祭司長

ギリシア人の王侯
アキレス
オデュッセウス
ディオメデス[2]
アンティロコス[3]

そのほかギリシア人及びアマゾン女族

場景　トロイ近郊の戦場

第一場

オデュッセウスとディオメデスが一方から、アンティロコスは他方から、それぞれ従者を従えて登場。

アンティロコス　久しぶりだな、諸君。トロイで別れて以来、どんな調子かね。

オデュッセウス　まずいね、アンティロコス。この戦場でギリシア軍とアマゾン軍が二匹の怒り狂った狼のように闘っているのが見えるだろう。ところがだ、どちら側も戦う理由が分かっていないんだ。マルス[4]かデリウス[5]が怒って杖を振り回すか、雲を揺さぶる雷神[6]が雷を落として割り込むかしない限り、歯を食いしばって向かい合っている者たちが、今日もまた倒れて死んでゆくことになるだろう。互いに相手の咽喉に歯をめり込ませてね。兜に水を汲んで来てくれ。

アンティロコス　頭にくるな。一体あのアマゾンどもは何をやりたいんだ。

オデュッセウス　我々はアトレウス[7]の息子の助言に従って、ミュルミドン人[8]の総勢を連れて出陣した。この私とアキレスがね。部下の伝えるところだと、ペンテジレーアが、スキュティア[9]の森で決起し、蛇の皮を身にまとったアマゾンの一軍を率いて、戦闘意欲すさまじく曲がりくねった山道も意に介せず、トロイ方のプリアモス[10]の救援にやって来たというんだから。スカマンドロス[11]川の岸辺で我々は、報告を受けた。援軍を連れてくる女王を親しく出迎えるべく、プリアモスの息子デーイポボス[12]も軍の先頭に立ってイリウム[13]を出発した、という報告だ。そこで我々は、二つの敵の間に手が付けられない同盟が結ばれる前に、その場に割り込み、阻止できる位置に布陣しようと、夜を徹して、まがりくねった街道をたどって行軍してきたのだ。しかし、ようやく朝が明けと思ったときだ、アンティロコス、我々はどんなに驚いたことか。眼下の広い谷間でデーイポボスの率いるトロイ軍に対して、アマゾン軍が一戦を交えているんだから。ペンテジレーアはまるで旋風が雲を吹き散らすように、トロイの隊列を追い立てているではないか。ヘレスポントスの海峡[14]はおろか、大地の果てからも吹き払わんばかりの勢いで。

アンティロコス　ほんとに奇妙なことだ。

オデュッセウス　まるで攻撃をしかけるように我が軍の方に向かって遁走《とんそう》してくるトロイ軍に立ち向かうべく、我々は陣を整え、槍ぶすまを作って立ちふさがった。これを見てプリアモスの息子は、啞然として立ちすくんだ。こちらは緊急の協議の結果、ただちにアマゾンの女王に歓迎の意を伝えることに決めた。女王の方も勝ちに乗じた追い討ちに待ったをかけていた。これほど単純明快な協議はこれまでなかったろう。アテナにお伺いをたてたとしても、これより分かりやすい答えは私の耳に囁かれなかったろう。乙女の女王はまさに闘いの準備をして、天から突如現れ出たように、我々の争いに紛れ込んできたんだから、どっちかの味方につかざるを得ないはずだ。女王が今や、テウクロス[15]の一族に敵対する態度をとったからには、我々としては、味方と考えるしかなかろう。

アンティロコス　ステュクス[16]にかけて言う、そうでなくて、何なんだ。ほかにありえない。

オデュッセウス　そこでアキレスと私は気が付いた。あのスキュティアの国のヒロインの様子に気が付いたのだ。戦を祝っているようだった。武具を帯び、服をまくりあげ、処女の軍団の陣頭に立っていた。頭上には兜の羽飾りがはためき、彼女の馬は金色と緋の総《ふさ》を揺らしながら、足下の地面を踏み砕いていた。女王は考え込むように我が軍の方に目を向けていたが、その表情は虚ろで、まるで石像と向かい合っているような目つきだった。この平たい手の方が、あのときの彼女の顔よりよほど表情が豊かだと断言していい。ところが、ちらっとペレウスの息子[17]に目がいった途端、その顔は染まっていき、首根っこまで真っ赤になった。まるで彼女の周りの世界が一面真紅に燃え上がったみたいに。女王は体をぴくぴくさせながら――暗い視線をアキレスに投げかけ――馬の背からおり立つと、手綱を侍女に渡しながら、何故そのような厳めしい隊列を組んで参られたのか、と訊くのだ。そこで私は、アルゴス人[18]である我々が、ダルダノスの末裔[19]を敵に回すお方に、出会えたことは喜びの極みでございます、と言ったのさ。それから、プリアモスの一族に対する憎しみが、どれだけ長いことギリシア人の胸中に激しく燃えさかってきたか、とか、ここで同盟を結ぶことはそちらにも我々にもどれだけ有益なことか、とか、その他そのとき思いつくままのことを語った。ところが驚いたことに、私がそうやって滔々《とうとう》と語っている間、女王がちっとも話を聞いていないのに気が付いた。女王はいぶかしげな顔をすると、オリュンピアの競技から戻ってきた十六歳の少女のように、急に、かたわらにいた戦友の女の方をふり返り、こう叫んだんだ。「おお、プロトエ、これほどの男に、私の母のオトレレ[20]だって、出会ったことはなかったろうな」。

この言葉に戸惑った戦友の女は沈黙し、アキレスと私の二人は微笑みながら顔を見合わせたよ。女王はというと、とろんとした目を、またも、アイギナの男[21]の輝く姿に向けている。とうとうさっきの女がおずおずと女王に近付き、私の言ったことに返答すべきです、と注意を促した。すると、女王は怒りと恥じらいの、いずれともとれたが、鎧の帯のあたりまで染まるほど頬を赤らめ、とり乱し、かつ誇り高そうに、しかも同時に荒々しく、私の方に顔を向けると、わらわはアマゾン族の女王ペンテジレーアである、返事は矢筒の中から送ることにしよう、と言い放ったのだ。

アンティロコス　そうだった。君がよこした使者の報告も逐一その通りだった。だがギリシア軍の陣営では、誰一人使者のその言葉を飲み込めなかった。

オデュッセウス　そこでどうしたらいいか分からず、面目をつぶされ、腹が煮えくりかえる思いだったが、帰ることにしたよ。すると、私たちの恥辱を離れた所から見て事情を察したテウクロスの一党は、嘲笑し、勝ち誇って隊形を整えているではないか。自分たちに有利にことが運んでいる、先ほどはちょっとした誤解でアマゾンの女王を怒らせてしまったけど、あの程度の誤解はすぐに解けるにきまっている、と思い込んだわけだ。彼らは早速使者を遣わし、先に女王がはね付けた友好の心と手を、あらためて差し出そうと決めたのだ。ところがだ、彼らが派遣しようとした使者が鎧の塵も払い落さないうちに、あの女ケンタウロスは既に、ギリシア軍とトロイ軍双方めがけ、まっしぐらに突撃してきたではないか。怒り狂って流れ出す森の激流のように、あちらもこちらも押し倒さんばかりの勢いで。

アンティロコス　どこにもない話だな、ダナオイ[22]の諸侯よ。

オデュッセウス　こうして戦いの火蓋が切って落とされたのだが、復讐の女神がこの世界を支配するようになってこのかた、この地上で未だかつてない凄まじさだった。私の知るかぎり、自然には作用と反作用の力があるだけで、第三のものはないはず。燃えさかる火を消すことができるものは、水を沸騰させて湯気にすることはできない。その逆も真だ。ところが我々が目のあたりにしているのは、冷やす力と熱する力の双方にとって、どうしようもない怒り狂った敵なのだ。この敵の出現で、火は水とともに滴り落ちるべきか分からず、水の方も火とともに炎上すべきか迷っている次第だ。トロイ軍がアマゾン兵に攻め立てられて、ギリシア兵の楯の後ろに逃げ込み、ギリシア兵はそのトロイ兵を迫り来るアマゾンの処女から解放してやるという始末で、トロイ軍もギリシア軍もヘレネ奪還のことなどそっちのけで、今やこの共通の敵に当たるため一つにならざるを得ない羽目に陥っているのだ。

（一人のギリシア兵が水を彼にもってくる）

ありがとう。舌が乾いて咽喉にひっつきそうだ。

ディオメデス　あの日からというもの、この平野には絶えることなく戦乱のどよめきが鳴り響いている。まるで森林で覆われた巨大な岩山の間に挟まれた雷雲が次第に苛立ちをつのらせているように。昨日私が我が軍の編隊を強化しようと思ってアイトリア人[23]を引き連れて出陣してみると、怒り狂ったあの女は、雷のような轟音を立てながら、ギリシアという大木の全てを真っ二つにせんとばかりに突進して来たのだ。その梢《こずえ》に咲く花はことごとくその嵐にゆさぶり落とされた。アリストンもアステュアナクスもメナンドロスも、その若く美しい肉体を、気高く戦場に横たえ、アレス[24]の末裔たるこの勇敢な娘に捧げられる冠を作るための月桂樹のこやしになってしまった。勝利を収めた女王が我々に残してくれたのは、捕虜となった友の身を案ずる目と、再び友を救い出すための腕だけだ。捕虜として連れ去られた者の数の方がずっと多いのだ。

アンティロコス　なのに、女王が我々に何をしようとしているのか、誰もその真意を突き止められないのか。

ディオメデス　誰にもな。本当にその通りなんだ。深さを測るための鉛をどこに投げたところで、全く思案が付かない――戦闘の渦の中で、特別な怒りに燃え、テティスの息子[25]を探しているところから察すると、彼に対する個人的な憎しみを胸にたぎらせているようにも思える。飢えによって駆り立てられているように追い回しているんだ。雪に埋もれた森の中を、目を輝かせながら狙った獲物を追いかける牝狼だって、我が軍の戦列の間を突っ切ってアキレスを求め続ける、あの女にはかなわないだろう。ところがだ、ついこの間のことだ。アキレスの命が女王の手に握られてしまったと思った瞬間、微笑みながら、贈物だ、とでもいうように、その命を彼に返してやったのだ。女王が抱きとめてやらなかったら、アキレスはオルクス[26]へ旅立ってしまったことだろう。

アンティロコス　えっ、誰が抱きとめてやらなかったらって。女王がだって。

ディオメデス　そうさ。女王がだよ。なにしろ、昨日の日暮れどきのことだったが、合戦の中

でペンテジレーアとアキレスが出会ったところへ、デーイポボスが横合いから突進してきて、この乙女の女王の側に立ったかと思ったら、テウクロス一党のこの男は悪賢い一撃をペレウスの息子の鎧めがけて打ちこんできた。辺りの楡の本の梢に反響するほどだった。女王は色を失って、二分間ほど腕をたらしていたが、次の瞬間、怒りに燃え上がった頬の周りに、巻き髪をふり乱しながら、馬上高く身を構えて、蒼穹からの一撃のように、自分の剣を雷光のようにきらめかせ、あのお呼びでない奴の首筋に打ちおろした。それで奴は、神のようなテティスの息子の足もとに、ごろっと転がることになった。そこでペレウスの息子も、謝意を表すべく、女王に同じことを返してやろうとした。ところが女王は、たてがみをなびかせ、黄金の轡を噛みながらあちこちはね回る斑の馬の首まで身を沈め、相手の必殺の切っ先をかわすと、手綱を緩めてふり返り、にこりと笑って立ち去った。

アンティロコス　何と奇妙な話だな。

オデュッセウス　トロイの方はどんな具合だ。

アンティロコス　アガメムノン[27]に頼まれたのだが、これだけ状況が変わった以上、退却するのが得策ではないか、君の意見を訊いて来てくれ、ということだ。イリウムの城壁に突入するのが我々の目的であって、奔放な女王の軍隊の動きを阻むなどという、我々にはどうでもいい目標に心を奪われてはならない。だから、ペンテジレーアがダルダノス族の城に助勢するため近付いたわけではないと確認できたら、何があろうとアルゴス人の砦まですぐ戻るようにとのことだ。女王が諸君を追いかけてくるなら、アトレウスの息子[28]が自ら陣頭に立ち、謎めいたスフィンクスが、トロイを目前にどんな態度に出るか、自らの目でしかと見定めるつもりだということだ。

オデュッセウス　ユピテル[29]にかけて言うが、私も同じ意見だよ。このラエルテス[30]の息子が、こんな意味がないと分かっている戦いを面白がっているとでも君たちは思っているのかね。ペレウスの息子は、この戦場からどかせばいい。猟犬は鎖から解き放たれると、けたたましく吠え立てながら鹿の角に飛びかかり、猟師が心配して注意をそらせ、呼び戻そうとしても、みごとな獲物の首に食いついて、山だろうと川だろうとつきまとい、森の奥深く、夜のような闇の中にまで踊り込んでいく。戦いの森にあれだけの珍しい獣が姿を現してからというもの、あの男も狂った猟犬になっている。一矢を太股に受け、釘付けにされながら、あの女の絹の髪をつかんで虎毛の馬から引きずりおろすまでは、アマゾンの女を追いかけるのをやめない、と誓うんだからね。アンティロコス、よかったら一つ頼まれてくれないか。あの男は口から泡をふいて怒るかもしれないが、君の弁舌で彼の気を変えられるかどうかやってみてくれ。

ディオメデス　王侯諸君、我々としては今一度力を合わせ、落ち着いて、あの男の狂った決心に、理性のたがをはめてやろうじゃないか。独創的なラリッサ人[31]である君のことだから、きっとあの男の気持ちのスキをつく術を見つけられるだろう。君の言うことに耳を貸さないなら、まあいい、正気を失っているんだから、丸太ん棒と同じだ、この私が二人のアイトリア人の手を借りてこの背中に背負ってきて、アルゴス人の陣営めがけて投げ落してやるとしよう。

オデュッセウス　ついて来てくれ。
アンティロコス　あれっ。あそこから急いでやってくるのは誰だ。
ディオメデス　アドラストだ。蒼くなって、慌てふためいているぞ。

第二場

前場の人々、一人の隊長登場。

オデュッセウス　何ごとだ。
ディオメデス　知らせか。
隊長　皆様がお耳にしたことがないような、痛々しい事態です。
ディオメデス　何だ。
オデュッセウス　言ってみろ。
隊長　アキレスがアマゾンどもの手中に落ちたのです。こうなったら、ペルガモス[32]城は落ちないでしょう。
ディオメデス　ああ、オリュンポスの神々よ。
オデュッセウス　不幸の知らせだ。

アンティロコス　いつ、どこで、そんな恐ろしいことが起こったんだ。

隊長　あのマヴォル[33]の怒りに満ちた娘たちが、またもや稲妻のように襲いかかり、周囲のアイトリア軍の勇猛な隊列を蹴散らすと、あの不敗のミュルミドン軍が、どっと滝の水が落ちるように、我々の方へと敗走してきたのです。私たちはその敗走の洪水を止めようとしましたが、どうにもならず、それどころか圧倒的な渦に私たちをも巻き込み、戦場から離れたところへ押し流していきました。やっと、しっかり足を踏みしめることができるかと思った時には、ペレウスの息子からは遠く離れてしまっていたのです。彼は槍ぶすまで動きを封じられながらも、戦闘の夜のごとき闇から逃れ出て、丘の頂きから下に向かって、おずおずと馬車を転がしてきました。運よくその進路が我々の方に向かっていたので、我々も歓声をあげ、助かったことを知らせてやろうとしたのです。ところが、出かかったその声を押し殺すことになりました。なにしろ、アキレスの四頭立ての馬車が、断崖を目にして急にたじろぎ、後足立ちになったのですから。馬たちは、雲をつく高みから、ぞっとする深みを見おろしたのです。コリント[34]の地峡で鍛えた手綱さばきも、こうなったら役に立ちません。驚愕した馬どもが頭を後ろへ反り返らせたので、アキレス殿は激しく鞭打ったのですが、それで余計に混乱し、馬具をもつらせることになり、馬と車が折り重なって、カオスへとどっと崩れ落ちていきました。我らが神々の息子は、紐で馬車に縛り付けられた状態で、谷底に横たわっていました。

アンティロコス　いかれた奴だ。あいつは一体どこに向かっているんだ。

隊長　馬車をさばく名人のアウトメドン[35]が、馬たちがあがきまわっているところへさっと飛び込み、馬車を引く四頭の馬を助けて、再び立ち上がらせてやりました。しかし、アウトメドンが、馬たちのふとももを、絡んだもつれ目から解き放ってやる前に、女王が勝ち誇ったアマゾンの一隊を引き連れ、その山間に突進してきて、アキレスを救い出す道をすべて塞いでしまったのです。

アンティロコス　ああ、神々よ。

隊長　女王は飛ぶように走る馬の足をとめ、彼女の周りに砂埃が巻い上がりました。火花が出るように火照った顔を山頂に向け、ちらりと、岩壁の高さを測ったようです。その時、兜の羽根飾りまでもが、慌てて彼女の後ろ髪を引き、行かせまいとしているように見えました。すると、女王は突然手綱を放しました。めまいがしている人のような様子で、巻き毛が波を打ったようにまとわりついている額を、小さな両手でさっと抑えたのです。この異様な光景を見て慌てた、すべての処女たちは女王をとり囲み、必死にせがむ身振りで、行かないで下さいと懇願したのです。女王の近い身内と思われる女が、女王に腕をからませたかと思うと、もう一人の女はもっと決然とした様子で馬の手綱を摑みました。女王の前進を力ずくでもとめようとしたのです。でも女王は――

ディオメデス　どうしたんだ。それでも行ったのか。

アンティロコス　そうじゃあるまい。だろう。

隊長　お聞き下さい。女王を引きとめようとする女たちの努力は無駄でした。彼女は軽い一押しで、女たちを左右にさがらせると、落ち着かない早足で、馬を岩壁の間近まで進め、その辺りを上へ下へと駆け回り、翼を持たない願いを通してくれる、狭い小路でも通じていないかと懸命に捜したのです。と思ったら何と、狂人のように岩壁を馬でよじ登ろうとしているではありませんか。欲望を燃え上がらせ、その道を進めば必ず網にかかった獲物を捕まえられるはずという狂った期待で一杯になって、あっちこっち探っていました。岩が風雨に洗い落とされてできたかすかな裂け目を見つけては試していましたが、この岩壁はとても登れそうにないと分かったようでした。しかし、判断力を失ったかのように、馬の首をめぐらせると、まるでさあ続きだ、と言わんばかりに再び登り始めたのです。そして不屈の女王は、徒歩の旅人でさえ足を付けるのをひるむような小道に、本当にひらりと飛び移り、楡の木の高さほど、山頂へと駆け上がっていったのです。こうして彼女は花崗岩《かこうがん》の塊の上に立ったのですが、かもしか一匹がどうにか身を支えられるくらいの広さしかないのです。馬は聳《そび》え立つ絶壁を怖れ、前方にも後方にも踏み出せなくなりました。女どもの恐怖の金切り声が大気をつんざきました。すると、まったく突然、馬と騎手が、崩れる岩もろとも、まるで奈落[36]に向かって駈けて行くように、大きな地響きをあげながら、岩山の一番深い麓へと再び墜落していったのです。そして女王は頸を折ることなく、これでこりたという風も一切なく、さっさと岩山登りを再開したのです。

アンティロコス　怒り狂って目が見えなくなったハイエナだな。

オデュッセウス　それで、アウトメドンはどうしたんだ。

隊長　あの男はやっとのことで、馬も馬車をきちんと立て直しました——あれだけの時間があれば、鍛冶の神ヘパイストス[37]なら、丸ごと一台青銅で作りあげたことでしょうが。馭者台《ぎょしゃ》にひらりと飛び乗り、手綱を取りました。我々アルゴス人は心のつかえがとれ、ほっとしました。でも、彼が馬の向きを変えたその矢先、アマゾン軍は山頂までなだらかに通じる小道を探り当て、谷間に歓呼の声を響かせ、依然として正気を失ったまま崩落した岩壁をよじ登ろうとしている女王に呼びかけたのです。この声を聞いた女王は馬を振り返らせ、その小道にすばやく視線を向けました。疾走する牝豹のように、その視線の先に向かって走り出しました。アキレス殿はもちろん、馬の向きを変えて避けようとしましたが、谷底に着くと間もなく、その姿は私の視界から消えました。彼がどうなったのか私は知らないのです。

アンティロコス　死んだか、あの男も。

ディオメデス　さあ、どうしたらよかろう、諸君。

オデュッセウス　諸君、心が命じることに従うとしよう。さあ、とにかくあの男を女王から引き離そう。あの男をめぐって、生死を賭けた戦いをせねばならないようだ。女王とアトレウスの息子たちの雌雄を決する戦いのことは、私が引き受けよう。

（オデュッセウス、ディオメデス、アンティロコス退場）

第三場

隊長、この間に一つの丘を登り切っていたギリシア兵の一団。

ミュルミドン人の兵　（辺りを見回しながら）
ほら、あの山の背の上のあそこのところに、一つの頭が、それも兜をかぶった頭が見えないか。羽根飾りで影ができている兜さ。ほら、兜をのせた逞《たくま》しい首がもう見えないか。肩も腕も鋼のようにきらめいているのが見えないか。もう胸全体が見えてきた。おい、みんな見ろよ。金の帯を締めた胴まで見えてきたろう。

隊長　ああ。誰の姿だ。

ミュルミドン人の兵　誰の。アルゴスの人たちよ、私は夢を見ているのだろうか。もう戦車を牽く馬たちの額の鮮やかな白斑も見える。股と蹄は山の縁に隠れてまだ見えない。おい、戦車の全体が地平線の上に現れたぞ。晴れた春の朝に太陽が昇るように、堂々としているぞ。

ギリシア兵たち　勝利だ。アキレスだ。神々の息子だ。自分で四頭立ての馬車を御しているぞ。難を逃れたのだ。

隊長　オリュンポスの紳々よ、あなた方の栄光が永遠に讃えられんことを。オデュッセウス殿——誰か、アルゴスの諸侯の下にこのことを報せに行け。

（一人のギリシア兵が急いで退場）

ダナオイの人たちよ、彼はこっちに向かっているのか。

ミュルミドン人の兵　ほら、御覧なさい。

隊長　何があった。

ミュルミドン人の兵　息がとまりそうです、隊長。

隊長　何が起こっているのだ。ちゃんと話せ。

ミュルミドン人の兵　おお、彼は左手を伸ばして、馬の背にのしかかっているぞ。何と凄まじい勢いで馬に鞭を奮っているんだ。神々しい馬たちは鞭の響きを聞いただけで興奮して、大地を踏み砕かんばかりの様子だ。彼らは口から湯気を吐きながら、生ける神が握る手綱をぐいぐい引っ張り、馬車を進めている。猟犬に追われている鹿だって、あれほど速く走れないぞ。あの車輪を見ていると、目があの激しい回転に巻き込まれてしまって、視界が途切れ途切れになってしまう。

アイトリア人の兵　でも、彼の後ろに――

隊長　何だ。

ミュルミドン人の兵　山の端から――

アイトリア人の兵　土煙が――

ミュルミドン人の兵　黒雲のように土煙が上がっている。そして、稲妻が閃《ひらめ》くように――

アイトリア人の兵　永遠なる神々よ。

ミュルミドン人の兵　ペンテジレーア。

隊長　誰だって。

アイトリア人の兵　女王です――彼の、ペレウスの息子のすぐそばまで、女どもの一軍を引き連れて追ってきています。

隊長　狂ったメガイラめ。[38]

ギリシア兵たち　（大声をあげて）こっちです。神のごときお方。こっちに向かって下さい。馬車を我々に向かって走らせて下さい。

アイトリア人の兵　見ろ。女王は虎斑の馬の胴を太股でギュッと締め付けているじゃないか。鬣《たてがみ》まで身を屈め、行く手を阻む大気を飲みつくそうとしている様子を見ろ。弓の弦から放たれたような駈け方だ。ヌミディア人[39]の矢だってあんなに速く飛ばないぞ。後に続く女どもの一隊は、全力疾走する猟犬について行こうとする駄犬のように息をきらして、遅れをとっているぞ。女王の兜の羽根飾りでさえ置いていかれそうだ。

隊長　あの女はそれほどあの方に近付いているのか。

ドロペス人の兵[40]　近付いています。

ミュルミドン人の兵　まだ間があるぞ。

ドロペス人の兵　ダナオイの人たちよ、女王は間近に迫っているではないか。飢え渇いたあの女は蹄の音を響かせるたびに、自分とペレウスの息子を隔てる道の一片一片を、飲み込んでいるようではないか。

ミュルミドン人の兵　我らをお守り下さる尊き神々よ。女王はみるみる大きくなって、もうあの方の背丈と変わらなくなっている。彼の車の疾走で舞い上がった砂ぼこりが、風に吹かれて飛んでくるのを吸い込んでしまうところまで来ている。女王が乗っている駿馬は、逃走する馬車がかき立てた土くれを、馬車の貝殻型の馭者台に向かって蹴り返しているぞ。

アイトリア人の兵　で、今度は——無謀だ。狂っている。あの方は馬車をわざと弓を描くようにぐるっと周回させているぞ、遊んでいるのか。油断してはダメだ。アマゾンの女は弓の弦の方向に進んで行く。見えるか。あの女は、あの方の進路を断ち切ったぞ——

ミュルミドン人の兵　助けたまえ。ゼウスよ。もうあの女はあの方の傍らを飛ぶように通り過ぎた。女王の影は朝日の中で巨人のように大きくなり、もうあの方を今にも打ち倒さんばかりになっている。

アイトリア人の兵　それなのにあの方は突然——

ドロペス人の兵　馬どもの手綱を突然ぐっと引いて、脇に回ったぞ。

アイトリア人の兵　また我らの方に向かって飛んでくるぞ。

ミュルミドン人の兵　おお。抜け目のない方だ。女王を騙した——

ドロペス人の兵　おい。女王ときたら性懲りもなく、また馬車の横を疾走しているじゃないか——

ミュルミドン人の兵　衝突したぞ。鞍の上で腰が浮いた。馬が躓《つまず》いた——

ドロペス人の兵　倒れた。

隊長　どうした。

ミュルミドン人の兵　倒れたのです、女王が。それに、一人の女兵士がわき目も振らずに突進してきて、女王の上に――

ドロペス人の兵　そこに、また一人――

ミュルミドン人の兵　そしてまた――

ドロペス人の兵　そこに、また一人――

隊長　おい、お前たち。女どもが倒れているんだな。

ドロペス人の兵　倒れています――

ミュルミドン人の兵　隊長、次から次へと倒れています。人も馬も、まるでヘパイストスの炉の中で溶けて一体になっているようです。

隊長　あいつらはまとめて灰になったらいい。

ドロペス人の兵　一面砂ぼこりがあがっていて、甲冑《かっちゅう》や武器の光がきらきらするのは見えるが、その他はどんなに目を見はっても、何も見えない。女どもの軍勢がもつれにもつれてできた糸玉に、馬までが入り混じっている。世界が生まれる前のカオスでも、あれほど見分けがつかないということはなかったろう。

アイトリア人の兵　あっ、でも、今度は――風が吹いてきたぞ。見えてきた。倒れている女の一人が身を起こしたぞ。

ドロペス人の兵　ははあ。あの塊の動きは愉快じゃないか。戦場の彼方に飛んで行った槍や兜を探して右往左往しているぞ。

ミュルミドン人の兵　馬が三頭と一人の騎手が死んだように伸びたままだ――

隊長　それは女王なのか。

アイトリア人の兵　ペンテジレーアか、と聞いておられるのですか。

ミュルミドン人の兵　あれが女王かだって――俺の目が仕事をさぼってくれればいいんだが。女王はあそこに立っている。

ドロペス人の兵　どこだ。

隊長　おい、本当はどうなのだ。

ミュルミドン人の兵　クノロスの息子[41]にかけて、女王が倒れた場所です。ほらあの樫の木の蔭ですよ。馬の首にもたれてかかっていますが、頭には何も被っていません――地面に転がっているのはあの女の兜か。ほつれた髪を右手でやんわり摑んで、埃か血か分かりませんが、額から拭っています。

ドロペス人の兵　本当に、あの女だ。

隊長　何と頑丈な奴だ。

アイトリア人の兵　あんな転び方をしたら猫だってくたばるのに、でもあの女はそうじゃない。

隊長　で、ペレウスの息子は。

ドロペス人の兵　すべての神の加護を受けています。矢が届く距離の三倍ほど、いや更にそれ以上遠くまで駈け抜けています。もう女王が、目であの方を追いかけても、その姿を捉えるのはほぼ無理でしょう。それに、あんなに息急き切らしているようでは、追いすがりたい思いも、胸の中で足踏みせざるを得ないでしょう。

ミュルミドン人の兵　勝利だ。オデュッセウス殿があそこに現れたぞ。ギリシア軍の総勢が日の光を浴びながら、森の暗闇から突如として登場したぞ。

隊長　オデュッセウス殿か。ディオメデス殿もいるのか。おお、神々よ――アキレス殿はどれくらい引き返しているんだ。

ドロペス人の兵　石を投げれば届きそうなところまで来ています、隊長。あの方の馬車はもう、スカマンドロス川の岸辺の丘に向かって走っています。岸辺には、我が軍がすばやく整列していますが、馬車は整列した兵士たちの前を疾走しています――

兵士たちの声　（遠くから）アキレス万歳。

ドロペス人の兵　彼ら、アルゴス人たちが、あの方に呼びかけています――

兵士たちの声　アキレス。ペレウスの息子、万歳。神々の息子。万歳。万歳。万歳。

ドロペス人の兵　あの方が馬の足を止められました。アルゴス人の諸侯が集まっている所で止められました。オデュッセウス殿が近寄っています。アキレス殿は、砂ぼこりにまみれたまま、馬車から飛び降りました。手綱を放しました。振り向きました。首を動かす邪魔になる兜を脱ぎました。諸侯が皆彼を取り巻いています。ギリシアの兵士たちは歓声をあげ、群がってあの方の膝をかつぎあげて運んで行きます。その横を馬車に乗ったアウトメドンが、湯気を立てている馬たちを並足でついて行かせています。喜び勇んだ行列全体がもうこっちに向かっています。万歳。神の子アキレス。おお、御覧下さい、御覧下さい――もう着きました。

第四場

アキレス、これに続いてオデュッセウス、ディオメデス、アンティロコス、アキレスと並んで四頭立ての馬車を進めるアウトメドン、ギリシア兵の一団。

オデュッセウス アイギナの英雄よ、君が無事でいてくれたので、胸が熱くなる。逃げ足にかけても、やはり君は勝利者だ。ユピテルにかけて。君の背後まで追いすがってきたあの敵が、気力で君に圧倒されて、地べたに倒れたのだとしたら、神のごとき君がいつかあの女と面と向き合う機会があるとしたら、一体どんなことが起こるだろうな。

アキレス （兜を手にして額から汗を拭う。ギリシア兵二人が負傷した彼の片腕を摑んで包帯するが、彼はそれを全く意識していない）

何のことだ。何があったんだ。

アンティロコス 速さを競う闘いに君は勝ったのさ、さすがネレウスの孫[42]だ。大空にごうごうと音を立てて荒れ狂い、下界の者たちを驚愕させる雷雲でさえ、あれほど凄まじくはなかったろう。エリニュス[43]に誓って言おう。たとえ私がトロイ城の者たちが犯したであろう全ての罪をこの身に抱えることになり、我が人生の軌道がぎしぎしと重苦しい音を立てていたとしても、君の飛ぶような馬車に乗せてもらえたら、悔恨の気持を振り切って逃げることができるような気がする。

アキレス　（手当をしてくれている二人のギリシア兵に向かって、邪魔だというような様子で）馬鹿者ども。

ギリシアの王侯の一人　誰が。

アキレス　からかっているのか――

ギリシア兵1　（アキレスの腕に包帯を巻きながら）お待ちを。出血しています。

アキレス　ああ、そうだな。

ギリシア兵2　さあ立って。

ギリシア兵1　さあ、包帯を巻かせて下さい。

ギリシア兵2　すぐ終わりますから。

ディオメデス　――こちらでは最初、俺の率いる部隊が退却したので、君が逃げ出さざるを得なくなったのだという噂があった。アトレウスの息子たちの意向を知らせに来たアンティロコスの話を、オデュッセウスと一緒に聞かねばならなかったので、俺自身はその場に駆け付けるわけにいかなかったんだ。だが、俺がこの目で見たところ、お前があんな曲乗りのような走らせ方をしたのは、何か思いも寄らぬ計略があってのことだったと確信した。我々がまだ戦闘の準備をしている夜明け方に、お前はもう女王を躓かせる石ころのことを考えていたのではないか、という気がする。永遠の神々にかけて言うが、お前はその石のところまで堂々とした足どりで女王をおびき寄せたのだな。

オデュッセウス　それはさておき、ドロペスの英雄よ、他に妙案がなければ、我々と一緒にアルゴス人の陣営に戻ってくれ。アトレウスの息子たちが我々に戻るように言っているのだ。退却を装って女王をスカマンドロスの谷間に誘い込むんだ。そこで待ち伏せているアガメムノンが、女王に合戦を挑む。雷神に誓って言うぞ。他の場所だとだめだが、そこでなら、若い牡鹿のようにひっきりなしに押し寄せ、君を急き立てている欲情の炎を冷ますことができる。このやり方なら、私も君を心から祝福できる。なにしろおぞましいからな。あのメガイラが我々の動きを邪魔立てするように戦場をうろついているのは、死ぬほど腹立たしい。正直言えば、あの女のバラ色の燃えるような頬っぺたに、君が踏んづけた足跡がついているのを見たいのさ。

アキレス　（馬たちの方に視線を落として）汗をかいているな。

アンティロコス　誰が。

アウトメドン　（馬の首に手を当てて具合を見ながら）まるで鉛です。

アキレス　分かった。連れて行け。外の空気でそいつらの体が冷えたら、胸や左右の太腿を葡萄酒で洗ってやれ。

アウトメドン　もうじき葡萄酒の革袋を持ってくるでしょう。

ディオメデス　――人並みすぐれた君のことだから、我々の戦いが不利に展開しているのが分かるだろう。目を凝らして見渡すと、丘という丘が、女どもの群れですき間なく覆われてる。

実りきった穀物畑を狙うイナゴでさえ、これほど密集することはないだろう。こんな有様では、誰が望み通りの勝利を得られるだろうか。お前以外に、あの女ケンタウロスの姿をはっきり見たと言える者がいるだろうか。我々は、黄金の甲冑に身を固めてどっと押し寄せ、ラッパの音も高らかに、どのような王侯がこの軍を率いているか布告したのだが、なんにもならなかった。女王は後陣に退いたきり出て来ない。せめて遠くから、風に乗ってくるその銀鈴のような澄んだ声だけでも耳にしようとする者は、その前に一戦交えねばならない。女王を地獄の番犬のように守っている、ふざけた雑兵どもを相手に、名誉にならず、何のためにやるのか分からない闘いをしなければならない。

アキレス　（遠くの方へ目をやって）あの女はまだ立っているのか。

ディオメデス　それは――

アンティロコス　女王のことか。

隊長　何も見えないじゃないか――どけ。羽根飾りなんかとってしまえ。

ギリシア兵　（アキレスの腕に包帯をしている）

お待ち下さい。もう少しです。

ギリシアの王侯　やはり、あそこだ。

ディオメデス　どこだ。

ギリシアの王侯　落馬した樫の木のところだ。既に、兜の羽根があの女の頭の周りになびいている。先ほど不覚を取ったことをもう忘れている様子だ——

ギリシア兵1　さあ、これで終わりです。

ギリシア兵2　これで思う存分腕を動かせます。

ギリシア兵1　もう、行ってもいいでしょう。

（ギリシア兵たちはもう一度結び目を作ってから、アキレスの腕を放す）

オデュッセウス　ペレウスの息子よ、我々が君に伝えたことはちゃんと聴いていたろうな。

アキレス　俺に伝えた。いや、全然。何の話だ。どうして欲しいのだ。

オデュッセウス　どうして欲しいのか、だと。妙な話だ——我々が君に伝えたのは、アトレウスの息子たちの命令だ。アガメムノンは、我々がすぐに引き返すように命じているのだ。君がここでアンティロコスに会っているのも、アガメムノンが軍議での決定を彼に持たせてよこしたからだ。作戦はアマゾンの女王をダルダノス城までおびき寄せる、というものだ。そうすると、女王は両軍の真ん中にいる形になり、のっぴきならぬ事態に迫られて、どっちの味方か態度を明らかにしなければならなくなる。女王はどっちでも好きな方を選べばいい。そうなれば少なくとも我々がすべきことが明らかになる。ペレウスの息子よ、私は君が聡明な男と見込んでいる。この筋の通った命令に君は従ってくれるだろう。オリュンポスの神々にかけて言うが、トロイ攻撃が我々にとって焦眉《しょうび》の急であるというのに、あの乙女たちが我々に何を求めているのか、いや、そもそも何かを求めているかどうかさえ見定めない内に、ここであの者たちとかかわり合いになるのは、狂気の沙汰だからな。

アキレス　（再び兜を被りながら）君たちがそう望むなら、金玉を抜かれた者のような戦いをするんだな。俺は男だ。我が軍の中で他に誰もいないのなら、俺があの女どもに立ち向かうまでだ。お前たちがあの女たちを遠巻きに見るだけで、女たちの周りで激しく波打っている戦闘から遠く離れたこの場所で、この涼しいトウヒの木蔭でだらだらと惰眠を貪り続けるかどうかなど俺にとってはどうでもいい。誓って言うが、お前たちがイリウムに引き返すことには賛成だ。あの途方もない女が、俺に何を望んでいるのか承知のうえだ。あの女は、羽根が生えた仲人役[44]を空一面にたっぷりと射かけてきて、自分の望みを死の囁きと共に俺に耳打ちするのだ。俺はこれまで美しい女につれない態度をとったことはない。諸君、君たちも知っているように、俺は髭が生えてこの方どんな女の気持ちにも応じてきた。だから俺があの女にこれまでつれなくしていたとすれば、雷神ゼウスにかけて言うが、あの女が心から願っている通り、誰にも邪魔されることなく、熱き青銅の枕（Küssen）[45]の上で、あの女をしっかり抱いてやるための、茂みの中のいい場所が見つからなかったからだ。ともかく、引き返すがいい。ギリシアの陣地には俺もあとから行く。愛のひと時まで、さほど長く待つことはなかろう。しかし、あの女に求愛するのに何カ月も何年もかけねばならないとしても、あの女を許婚《いいなずけ》としないうちは、馬車を味方のいる方角に向けるつもりはない、絶対にな。ペルガモスに二度と行く気はない。あの女を許婚とし、致命傷の冠を額に授けてやって、頭をさかさにして通りを引きずっていけるようになるまではな。さあ、者ども、俺に続け。

ギリシア兵　（登場）ペンテジレーアがこっちへ向かって来ます。ペレウスの息子殿。

アキレス　こっちも行くさ。あの女が飛び乗ったのは、今度もまたペルシア馬か。

ギリシア兵　それがまだ乗馬していないんです。歩いてやって来ます。ただし、そのそばで、ペルシア馬がもう地面を踏みしだいています。

アキレス　よしきた。それなら、諸君、私にも馬を引いて来てくれ。さあ、我がミュルミドンの強者たちよ、ついて来い。

（一隊が出撃する）

アンティロコス　奴は狂ったな。

オデュッセウス　おい、今こそ君の弁舌の見せどころだ。なあ、アンティロコス。

アンティロコス　力ずくでも奴を——

ディオメデス　行ってしまったぞ。

オデュッセウス　こんなアマゾンとの戦いなど呪われろ。

（一同退場）

第五場

ペンテジレーア、プロトエ、メロエ、アステリア、随員たち、アマゾン軍。

アマゾン兵たち 万歳。勝利者、征服者よ、バラ祭の女王、凱旋万歳。

ペンテジレーア 凱旋などと言うな。バラ祭の話などするな。戦いがもう一度出陣するよう、私に呼びかけているのだ。あの若い強情な軍神を、縛りあげて私のものにしてやる。同志たちよ、一万個の太陽が融け合って、一つの燃えさかる球体になったとしても、勝利、そう、あの男に対する勝利ほどには輝かない気がする。

プロトエ 愛しい方、お願いですから。

ペンテジレーア 放っておいてくれ。私の決心は聞いたはず。山から砕け落ちてくる瀧の水をくいとめることができたとしても、この心が雷の勢いで落下するのを食いとめることはできまい。あの男が私の足元に倒れ伏しているのを見たいのだ。栄光に輝くこの戦いの日に、これまで誰もやったことがないほど、私の高揚した戦意をかき乱したあの傲慢な男が倒れ伏すところを見たいのだ。この足があの男の方に近付く時、その胸を飾る青銅の鎧に映し出されるのは、人々を驚愕させる、誇り高き勝利者アマゾンの女王としての私なのだろうか。周りのギリシアの軍勢が私を見れば、あらゆる神の呪いを受けた女だといって逃げ出してしまうのに、あの英雄は違う。一目見られただけで、心の奥底まで射ぬかれ、体が動かなくなってしまうのは、私の方ではないのか。そう私の方こそ、打ち負かされ、征服された女ではないのか。乳房を与えてもらえなかった私は、地べたをのた打ち回らせるこの感情をどこにしまったらいいのだろう。嘲笑うあの男が私を待ち受けている以上、戦雲のまっただ中に躍り出て、打ち負かしてやる。そうでなければ生きていられない。

プロトエ　慕わしい女王様、忠実なる我が胸にお頭を預けてお休み下さい。落馬した際に強く胸を打ったせいで、あなたの血がたぎって、気持まで動揺しているのですよ。あなたの若々しい手足がこんなに震えているなんて。私たち全員のお願いです。楽に物事を考えられる状態に戻るまでは、何事も先走って決めないで下さい。さあ、少し私のそばでお休み下さい。

ペンテジレーア　何故だ。どうしてだ。何があったんだ。私は何と言ったのだ。何か言ったのか――で、一体何を。

プロトエ　あなたの若い魂は一つの勝利を目指してほんの束の間駆り立てられているだけです。なのに、また新たな戦闘という賭けを始めるつもりですか。私にはそれがどんなものか分かりませんが、あなたの心の奥底の願いが実現しないからといって、だだっ子のようにすねた挙げ句、あなたの民の祈りの結実である祝福の祭りを放棄するつもりですか。

ペンテジレーア　ああ、何てこと。私にとって、今日という日はなんと呪わしいことか。私の最愛の魂の友が、意地の悪い運命と結託して私を痛め付け、いじめるとは。名誉が私のそばを通り過ぎて行くので、つい発情した手が伸び、その金色の前髪を摑んでやろうとしただけなのに、一つの力が意地悪く私の行く手に立ちふさがる。しかも私の魂までも、私に反抗しようとする。あっちへ行け。

プロトエ （独白）ああ、神々よ、彼女をお守り下さい。

ペンテジレーア 私はただ自分のことだけ考えているのだろうか、私に戦場に戻れと呼びかけているのは、自分の望みだけなのか。狂おしく勝利に酔いしれ、はっきり聞きとれる羽音をさせながら、遠くから戦場に近付いてくるのは我が民だろうか。破滅ではないのか。夕方になったばかりだというのに、もう仕事を片付けてしまった気になって、私たちが休息したくなるなんて、一体どうなっているんだ。収穫されたはちきれんばかりの宝が、束にされ、空に向かって高く聳え立つ倉の中にうず高く積みあげられている。けれど雲が不気味にその上を覆い、今にも殲滅の雷が落ちようとしている。お前たちは、戦で屈伏させた青年の一団を花の冠で飾り、ラッパやシンバルを打ち鳴らしながら、花の匂いが香《かぐわ》しいお前たちの故郷の谷へ連れて行けないかもしれない。私には眼に見えるような気がする。身を隠すのに好都合の物陰さえあれば、ペレウスの息子が、お前たちの歓喜の行列に襲いかかり、お前たちや囚われ人の一隊をテミスキュラ[46]の城壁まで追いつめていく様子が。それどころか、アルテミス[47]を祀る神殿にまで侵入し、捕虜の若者たちを縛っているバラで飾られた鎖を彼の手足から引きちぎり、代りに、私たちの手足に青銅の鎖をはめ、身動きできなくしてしまうだろう。なのに、この五日間、狂ったように汗だくになりながら、あの男を揺すぶり落としてやろうとしてきたこの私に、手を引けというのか。私が一突き風を切り裂きさえすれば、あの男に命中し、熟しきった南国の果実のように、我が馬のひづめのもとに倒れてくるに違いないのだ。

いや、手を引くなんてありえない。これだけ華々しく開始した企てを、それに見合うだけ壮大に完成できないなんて。私の額の周りを、ざわざわ音を立てながら飾ってくれる冠を完全に我が手にすることができないのであれば、約束した通り、マルスの血を引く娘たちを勝鬨《かちどき》[48]の声と共に今こそ幸せの絶頂へと導いて行けないのであれば、幸せのピラミッドががらがらと崩れ落ち、私と皆を押し潰してしまう方がいい。抑えがきかないこの心は、呪われよ。

プロトエ　ああ、我が主。あなたの目は本当に異様な輝き方をしていて、私には到底解せません。不吉な予感で一杯のこの胸では、永遠の夜から出てきたような、暗い思いが踊り狂っています。奇妙なことに、あなたの心に恐れる敵の軍勢は、あなたの姿を見て風に吹き散る籾殻のようにちりぢりに逃げ去ってしまいました。もう一本の槍の影さえ見えません。あなたが一隊を引き連れて姿を現すと、アキレスはすぐスカマンドロス川で隔てられた向こう岸に行ってしまいました。もうあの男を刺激せず、あの男の目に触れないようになさいませ。ユピテルの名にかけて誓いますが、あの男はもうギリシア人の砦に向かっているのです。私は、あなたの率いる軍勢の殿《しんがり》を務めます。見ていて下さい。オリュンポスの神々にかけて、一人たりともあなたの捕虜が彼に奪い返されないように致します。何マイル先からだろうと、あの男の武器の光があなたの軍勢を脅かすことも、遠くからあの男の馬の蹄の音があなたの乙女の笑いを妨げることも、絶対にないように致します。この首をかけて請け合います。

ペンテジレーア　（急にアステリアの方を向き）そんなことができると思うか、アステリア。

アステリア　我が主――

ペンテジレーア　プロトエが申すところに従って、私が軍勢をテミスキュラに連れ帰ることができると思うか。

アステリア　陛下、お許し下さい、私の立場から申しあげるなら――

ペンテジレーア　思いきって言ってみよ。聞くぞ。

プロトエ　（おそるおそる）我が方の族長たち全員を集めて意見をお聞きになる気がおありなら、恐らく――

ペンテジレーア　私は今、この女の意見を聞きたいのだ。一体、このわずかの時間の間に、私はどんな人間になってしまったのか。

（間、その間に気を落ちつける）

――アステリア、言ってごらん。

アステリア　それほどまでおっしゃるなら、私がこの軍勢を故郷へ連れて帰れると思うか。

アステリア　それほどまでおっしゃるなら、率直に言わせて頂きますが、目にした光景に呆気にとられ、どうにも信じられない気がしているのです。私は、コーカサスの地から一族を率い、あなたより一日遅れで出発しましたが、怒濤のような勢いで突き進む、あなたの率いる軍勢の動きについていけませんでした。ごぞんじのように、今日になってやっと、夜が曙《あ》ける頃、戦の用意を整えて、この戦場へ駆け付けたのです。すると、何千人もの喉の奥から響きわたる歓喜の知らせが耳に入ってきました。「勝利だ。勝利は勝ち取られた。アマゾン族の戦の勝敗は既に決せられ、全面的に勝利した」アマゾン族の祈願が、私などいなくても、易々と成就したのが嬉しくて、私は全員に引き返すよう命じたほどです。本当です。ただ、他の者たちが戦利品だと自慢している捕虜たちを一目見たいものだ、という好奇心に駆られてしまいました。蒼ざめて震える大勢の兵卒、アルゴス勢から落ちこぼれた者どもが、自分たちが逃げる途中で投げ捨てていった楯の上に乗せられ、あなたの配下の者たちによって次々と選び出されているのが目に入りました。まだ、トロイの誇る頑丈な城壁の前で、ヘレネス[49]の全軍が釘付けになっています。総大将アガメムノンはもちろん、メネラオスもアイアコスもパラメデス[50]もオデュッセウスもディオメデスもアンティロコスも踏ん張って、あなたに正面から挑んでいます。更に言えば、あなたが自らの手でバラで飾ってやろうとされているあの若いネレウスの孫も、傲慢にもあなたに刃向かっています。それにあの男はこともあろうに、あなたの女王然としたそのうなじに足をかけてやる、と声高に公言しているのです。そして、我が偉大なるアレスの娘はこの私に、今の状態で、凱旋行列を行ってもいいものか、とお尋ねになっているわけですね。

プロトエ　（激しく感情的になって）嘘つき、男の英雄たちは、女王の気品と勇気、美しさに圧倒されて――

ペンテジレーア　黙れ、へどが出そうな奴だ。アステリアは私と同じ気持だ。この私の足もとにひざまずく価値のある男は、一人しかいない。その一人が、まだあの戦場に立って、手向かっているのだ。

プロトエ　我が主よ、どうか激情に囚われないで下さい。あなたは――

ペンテジレーア　毒蛇め。その舌を縛っておけ――そなたの女王を怒らせるつもりなのか。下がれ。

プロトエ　ええ、この通り女王のお怒りを買うのは承知のうえです。こんな大変な時に、臆病になって、機嫌をとりながら素知らぬ顔でお傍にいる裏切り者になるくらいなら、二度とお顔を見ない方がましです。めらめらと燃え上がっている今のあなたでは、乙女にふさわしい戦を続けることは難しいでしょう。ライオンでさえ、狩人が巧みにしかけた毒を呑まされたら、槍の攻撃を受けきれなくなるのと同じことです。永遠なる神々にかけて断言いたします、そのようなお気持ちでは、あのペレウスの息子を勝ち取ることはできません。それどころか、太陽が沈まないうちに、かけがえのない多くの辛苦を払って、私たちの腕が制圧した若者たちを、そのご乱心のおかげで、失ってしまうことになるでしょう。間違いなくそうなります。

ペンテジレーア　それはまた奇妙な、訳の分からない話だな。一体どうしてそなたは急にそんなに臆病になったのだ。

プロトエ　何で私が。

ペンテジレーア　そなたが打ち負かしたのは誰だ。言ってみよ。

プロトエ　アルカディア人[51]の若き領主リュカオンです。ごらんになったと思いますが。

ペンテジレーア　そう、そうだったな。兜の羽根飾りが折れて、震えて立っていたあの男だったな。昨日私が捕虜たち——

プロトエ　震えていた、ですって。あの男はすっくと立っておりました。あなたを前にしたアキレスと同じです。戦いの中で私の矢が当たって、激しい痛みを覚えた彼は私の足元に倒れましたが、私は誇りをもって彼をあのバラ祭に、そう、一人の女として誇りをもって、私たちの神殿へ連れていくつもりです。

ペンテジレーア　本当か。お前がそんなに興奮しているとはな――そういうことなら、その男から引き離されないようにしてやらないといけないな――捕虜の群からその男、アルカディア人のリュカオンを連れて参れ――戦いたくない乙女よ、その男を受けとるがいい。彼をなくさないですむよう、殺戮の剣の音が鳴り響く戦場から手に手をとって逃げるがいい。山の奥深い谷間にでも入って、甘い香りのするニワトコの繁みに二人で身を隠せば、鶯《うぐいす》が官能的な愛の歌を唄ってくれるだろう。そうしたら、男が欲しくてうずいている女よ、お前の心が待ちきれないでいる祭をすぐに実行したらいい。だが、私の顔を見ることは永久になかろう。我が都から追放だ。お前から名誉も祖国も愛も、そして女王が、友が失われるのだから、愛する男の口づけで慰めて貰うことだ。行って、彼の縛めを解いてやれ――さあ、行け。お前がどうなろうと知りたくもない。その憎たらしい顔を二度と見せるな。

メロエ　ああ、女王。

別の族長　（とり巻く女たちの中から進み出て）なんというお言葉を。

ペンテジレーア　黙れ。はっきり言う、この女をとりなす者はその報いを受けるぞ。

アマゾンの一兵士　（登場）アキレスがこちらに向かって来ます、我が主。

ペンテジレーア　やって来たか――さあ、乙女たちよ、いざ合戦だ。一番切っ先の鋭い槍を寄越せ、さあ、一番稲光がする剣を寄越せ。神々よ、待ち焦がれたあの若者に闘いで勝利し、私の足もとにひざまずかせる歓喜を、我に与えたまえ。我が生涯に割り当てられているはずの幸運の全てをどうにでもして下さい——アステリア、お前が軍の指揮をとれ。ギリシアの軍勢の相手をし、私が戦いに集中するのに邪魔が入らぬよう、気をくばって欲しい。我が乙女たちの誰であろうと、あのペレウスの息子本人に立ち向かってはならない。言っておくぞ、私の獲物であるあの男の頭に、いや、あの髪の毛の一本にでも触れる者には、死の矢が突き立つことになろう。私が、この私だけが、あの神の申し子を倒すすべを知っているのだ。同志たちよ、この鋼鉄の武具を身にまとい、この上なく柔らかな抱擁でなんの痛みも感じさせずに、あの男を我が胸に抱きとってみせよう（鋼鉄の腕で、彼を抱擁するよう定められているのだから）。春の花たちよ、彼の手足のどこにも傷がつかないよう、彼が倒れかかるところに、背を伸ばして受けとめてくれ。彼の心臓の血が失われるくらいなら、我が心臓の血が失われる方がましだ。色のきれいな鳥のように飛び回るあの男を我が手元に射ち落とさないうちは、安心できない。しかし乙女たちよ、今や彼は翼を折り畳んで、王者としての深紅の色を失うことなく、私の足もとにうずくまろうとしている。そうなればすべての至福の霊たちが、私たちの勝利を祝いに降りてこようし、故郷に凱旋行列をくり出すことになり、私はお前たちのバラ祭の女王となる——さあ、行こう——

（立ち去りかけて、泣いているプロトエに目をとめ、落ち着かない様子でふり返る。それから急にプロトエの首に抱きついて言う）

プロトエ、我が魂の姉妹よ、ついて来るか。

プロトエ （声をつまらせながら）オルクスまでお供します。あなたなしで、至福の霊たちのところへ行けるでしょうか。

ペンテジレーア やはりお前は、人並外れた、すぐれた者だ。ついて来てくれるんだな。さあ、共に戦い、共に勝利しよう。勝つも一緒、負けるも一緒。私たちの合言葉はこうだ：「私たちの勇者の頭にバラの冠を、さもなくば、私たちの頭に、糸杉の冠を」[52]。

（一同退場）

第六場

女神ディアナの祭司長が巫女たちを連れて登場。その後から、バラの花を籠に入れて頭にのせた若い少女たちの一団と、数人の武装したアマゾン兵に引っ立てられた捕虜たちが続く。

祭司長 さあ、お前たち、聞きわけのよい可愛いバラ娘たちよ、お前たちのさすらいの成果を見せてごらん。岩清水が、松の木蔭に守られて、ひっそりと湧き出しているここまでくれば、安全だ。さあ、お前たちが手にいれたものを私の目の前に、出してみせなさい。

少女1 （籠を開けて）見て下さい、これだけのバラを取りました、祭司長様。

少女2 （同じ動作をして）ほら、私は前掛け一杯よ。

少女3　そして、これが私の。
少女4　私のは、今が盛りの早咲きの花たち。
（他の少女たちもこれに倣う）
祭司長　まるでヒュメトス[53]の山頂のような花盛りだ。ああ、ディアナよ、これほどの恵み多き日が、あなたの国の民の前で、これだけすばらしく光り輝いたことはありません。母となった者も、まだ娘のままの者も、こぞって私のところに贈り物を持ってきます。この華やかさに、この二重の華やかさに眼が眩むようで、一体どちらによけいに感謝していいのか分からないほどです。でも、子供たちよ、お前たちが摘んできたのは、これで全部なのかい。
少女1　ごらんの分しか見つかりませんでした。
祭司長　それじゃあ、お前たちのお母さんたちの方が、よほど働き者だったということになりますね。
少女2　祭司長様、この原っぱでは、バラの花を摘むよりも捕虜を捕まえる方が簡単です。どの小山の周りにも、ギリシアの若者たちの群れが、元気な娘の鎌で刈り取られるのを待つ麦の穂か何かのようにぎっしり固まって立っています。辺りの谷間には、バラの花が本当に疎《まば》らにしか咲いていなくて、それも砦で守られているように近寄りづらいのです。あの棘の網目を押し除けて行くよりは、矢や槍の間を掻い潜って進む方がましなくらいです――ほら、どうか、この指を見て下さい。
少女3　私は、他に比べようのない一本のバラを祭司長様に差しあげようと思って、岩山の突き出た先っぽまで登ってみました。すると、一本の蕾が、濃い緑色の萼に包まれながら、ほんのりと薄青い光を放っていたのです。まだ見る人の心を完全に愛で捕えるほどには綻びていなかったのですが、私はそれを摑みました。そこでよろめいてしまって、当然谷底へと転がっていきました。死の闇夜の奥深くまで沈んでいくのだと思いました。でも、それがかえって幸運でした。なんとそこには、私たちアマゾンの勝利を十回祝うのに足りるくらいのバラが華麗に咲き誇っていたのです。

少女4　祭司長様、私があなたのために摘んで来たのは、一本のバラだけです。たった一本です。でもその一本というのは、ここにあるこれです。見て下さい。これが王たる人の頭を飾るに相応しい一本です。ペンテジレーア様が神々の息子アキレスを倒して自分のものになさった時、その頭を飾るのにこれ以上のバラをお望みにはならないでしょう。

祭司長　良かろう。ペンテジレーアがあの男を倒したら、その王者にふさわしいバラを捧げるがよい。あの方が戻るまで大事にとっておくのだよ。

少女1　アマゾン軍がシンバルを打ち鳴らしてまた新たに戦場に出かける時が来たら、もちろん私たちもついて行きますが、約束して下さい。今度はもう、お母さんたちの勝利を讃えるために、バラ摘みや花輪の冠を編むためにだけついていくのではないって。この腕を御覧下さい。もう投槍を振うことができます。投石器で、唸りをあげて的に当てることだってできます。どうでしょうか。私の花冠になるべきバラがもう咲いているのではないでしょうか――戦乱の渦の中で彼は勇敢にもう戦っているかもしれません、この腕の筋（弦）[54]を引き絞って闘うことになる相手の若者が。

祭司長　そう思うのか――だとすると、そういうこともちゃんと心得ておかないといけないのだが――お前はもうその時のためのバラに眼を付けておいたというのかい――来年の春が来て、バラがまた花を結ぶようになったら、戦乱の渦の中でお前の相手の若者を探せばいい――でも今は、お母さんたちの喜びにはずんだ気持が、バラの花で早く冠を編んでほしい、と急っついているのだ。

少女一同　（口々に）さあ、仕事にかかろう。何から始めようか。

少女1　（少女2に）こっちにおいで、グラウコトエ。

少女3　（少女4に）おいで、カルミオン。

（少女一同、二人ずつ組になって座る）

少女1　私たちは、長い羽根飾りの冠を付けたアルケスティスを倒したオルニュテイアのための冠を編みましょう。

少女3　姉妹よ、私たちはパルテニオンのを作りましょう。あの人には、メドゥーサを紋章にした楯の持主アテネウスを生け捕りにしてもらいましょう。

祭司長　（武装したアマゾン兵たちに向かって）さてと、こちらは。お前たちは客人のおもてなしをしないつもりなのか――これ、乙女たちよ、お前たちは困った顔をして突っ立っているだけではないか、まるで私がお前たちに恋の手ほどきをしなければならない、何もできないと言わんばかりに――お客の方々にやさしい言葉をかけてさしあげるつもりはないのか。戦いに疲れた若者たちが、今は何が望みなのか聞いてあげないのか。何をして欲しいのか、何が必要なのか、と。

アマゾン兵1　彼らは何も要らないと言うのです、祭司長様。

アマゾン兵2　私たちに腹を立てているのです。

アマゾン兵3　そばに近付こうとすると、反抗的な態度の彼らは、ふんといってそっぽを向くのです。

祭司長　おいおい、腹を立てているのならなおさらのこと、我らが女神の名にかけて、機嫌を直してさしあげるのだ。お前たちが激闘の中で、その人たちにぶつかったのは、そもそも何のためなのだ。その人たちを慰めるために何をするのか言ってあげなさい。そうすれば彼らもいつまでもつれない態度を取ることもあるまい。

アマゾン兵1　（一人のギリシア兵の捕虜に向かって）若者よ、柔らかい絨緞《じゅうたん》の上で手足を休めてみないかい。とても疲れているようだから、あの月桂樹の木蔭の辺りに春の花々で、お前のための寝床を作ってあげようか。

アマゾン兵2　（同じ様に）ペルシアの香油の一番香りのいいのを、泉から汲んだばかりの水に混ぜて、お前の足を洗って、気分をさわやかにしてあげようか。

アマゾン兵3　この手で愛情込めて差し出すオレンジのジュースを、すげなく断わりはしないだろう。

三人のアマゾン兵　何とか言え。口をきけ。何をしてやったらいいのだ。

一人のギリシア兵　何もいらない。

アマゾン兵1　ヘンな奴らだな。何が悲しいのだ。私たちの矢はちゃんと矢筒の中に収まっているのに、どうして私たちを見て驚愕しているのだ――お前たちが怖いのは、このライオンの皮か――おい、そこのベルトをしている者、言ってくれ。何を怖れているのだ。

先ほどのギリシア兵　（その話し手を鋭く見据えてから）あそこで編まれている冠は誰のためなのだ。言ってくれ。

アマゾン兵1　誰のためだって。お前たちのためだろ。他の誰のためだと言うのか。

先ほどのギリシア兵　我々のためだと。よくそんなことが言えるな、人でなしめ。お前たちは、俺たちを花で飾り立てて、犠牲の獣のように、屠殺台へ引っ立てて行く気ではないのか。

アマゾン兵1　お前たちを連れて行くのは、アルテミスの神殿だ。何を考えているんだ。こんもりとした樫の木に森に囲まれた神殿だ。そこでは、節度や規律に縛られない至福がお前たちを待っている。

先ほどのギリシア兵　（唖然として、声を低めて他の捕虜たちに）ここで我々が目にしていることは本当だろうか、夢だってこれほど色鮮やかとは思えない。

第七場

一人の中隊長登場。前場の人々。

中隊長　祭司長様、こんなところにおいででしたか――あれから情勢が動いて、石を投げれば届くところで我が軍は血みどろの決戦の準備をしています。

祭司長　我が軍が。ありえない。どこで。

中隊長　スカマンドロス川によってなめ尽くされているあの流域です。山々から吹きおろす風に耳をすまして頂ければ、雷のように轟く女王の声も、鞘走る剣の音も、軍馬のいななき、ラッパや、チューバ、シンバル、トロンボーンなど、戦の荘厳な響きが聞こえるはずです。

巫女の一人　誰か急いであの丘に登ってみたら。

少女一同　私が。私が。

（少女たちが丘に登りつめる）

祭司長　女王の叫びだ――いや、どういうことだ。信じられない――戦の嵐がまだすっかり静まっていないのだとしたら、どうして女王はバラの祭をするように命じたのだろう。

中隊長　バラの祭――で、女王は誰にそれを命じられたのですか。

祭司長　私に。私にだ。

中隊長　どこで、いつ。

祭司長　ほんの少し前、私がオベリスク[55]の影のところに立っていると、ペレウスの息子とそのすぐ後に追いすがる女王とが、風のように私の前を通り過ぎて行った。駈け過ぎていく女王に向かって、「首尾はいかが」と私が問いかけると、「見ての通り、バラの祭に向かっています」、と叫んだ。そして、「花が足らないことがないように頼みます、祭司長」と喜びの声をあげながら、私の傍らを飛ぶように駈けていったのだ。

巫女1　（少女たちに向かって）女王様は見えるの。どうなの。

少女1　（丘の上から）何にも、まるっきり何も見えません。兜の羽根飾りも誰のものか見分けられません。雷雲の黒い影が周囲の広い平原を走り抜けています。戦士たちのもつれた塊が、死の平原で、相手を求め合っているのが見えるだけです。

巫女2　女王は味方の退却の援護をなさるのでしょう。

巫女1　私もそう思います——

中隊長　女王は戦闘の準備をしてペレウスの息子に向き合っておられます。確かです。空中高く前足を跳ね上げている、女王を乗せたペルシア馬と同様、女王自身も溌剌としています。瞼の奥から輝くまなざしはいつになくらんらんとしていて、自由に喜び勇んだ息遣いで、まるで若い武勲にはやる胸を抱いて、初陣に臨もうとしているかのようでした。

祭司長　オリュンポスの神々よ、一体女王は、何を目指しているのだろう。見渡す限りの森の至るところで、何千という捕虜たちがひしめいているというのに、このうえ何を手に入れなければならないというのか。

中隊長　このうえ何を手に入れなければならないのか、ですって。
少女たち　（丘の上で）ああ、神々よ。
巫女1　それで。何があった。先ほどの雷雲の影は通り過ぎたのか。
少女1　巫女の皆様、こちらへお出で下さい。
巫女2　いいから、言ってごらん。
中隊長　このうえ何を手に入れなければならないのか、ですって。
少女1　見て、見て下さい、雨雲の切れ目から太陽の光の塊が、ペレウスの息子の頭に降り注いでいます。
祭司長　誰の頭だと。
少女1　あの男のです、そう申し上げているのです。他の誰だというのでしょうか。丘の上に光輝きながら立っています。彼も馬も鋼で身を固めていて、サファイアも橄欖石《かんらんせき》もあれほど輝きはしないでしょう。色とりどりに花咲く地面は、雷雲のような暗さに覆われています。暗い大地は、二人といないあの男のまばゆい凛々しさを際立たせる、背景としてぼんやりと見えているだけです。
祭司長　ペレウスの息子が、我が民と何の関係があろう——一つの名前に拘って戦いに臨むのは、アレスの血を継ぐ娘として、女王としてふさわしいことだろうか。
（一人のアマゾン兵に）
アルシノエ、すぐ女王のもとに走って、我が女神の名にかけて女王にこうお伝えするのだ。

マルス[56]がもうその婚約者たちの席に列なりました。あなたはお怒りでしょうが、速やかに軍神を花の冠で飾って故郷へお連れし、あなたの神殿で軍神のために聖なるバラの祭を催されるよう、この祭司長が進言していた、とな。

（言われたアマゾン兵去る）

こんな狂気の沙汰は、いまだかつて聞いたこともない。

巫女1　子供たちや。まだ女王のお姿は見えないのか。

少女1　（丘の上で）はい、はい。分かっています。戦場が明るくなってきました――あそこに、女王様が。

巫女1　どこにお出でなのだ。

少女1　全ての乙女の先頭に。見て、金色に輝かく甲冑に身を固めた女王様は、戦の喜びに満たされて、あの男に向かって躍りはねている。まるで、あの男の若々しいうなじに口づけする太陽に対しても、激しい嫉妬心を燃やして、ひとっ飛びで追いつこうとしているみたいじゃない。ああ、見て。女王様はあの天上の恋敵と肩を並べようと、天に向かって飛び上がろうとされているのに、ペルシア馬の方は、主人の思い通りに翼を生やして空中へ舞い上がることはできないみたい。

祭司長　（中隊長に）乙女たちの誰も、女王を諫めたり、引き止めようとしなかったのか。

中隊長　お傍に付き従っている族長の皆様は女王の進路に立ちふさがって止めようとなさいました。まさにこの場でプロトエ様は、あらん限りの力を尽くされました。女王をテミスキュラへ連れ戻そうと、いろいろと雄弁な説得を試みられたのですが、女王様は理性の声など耳に入らない様子でした。アモール[57]の一番効き目のある毒矢が、あの人の若い心臓を射抜いてしまったのだ、と囁《ささや》かれました。

祭司長　何を言っているのだ。

少女1　（丘の上から）ああ、今、二人が出会いました。神々よ、大地をしっかり支えたまえ――ほら、こう言っている矢先に、二人は、二つの星みたいに大きな響きを立ててぶつかりました。

祭司長　（中隊長に）女王のことを言っているのか。友よ、あり得ないことだ。アモールの矢が当たった――いつ。どこで。あのダイヤの帯を受け継ぐ指導者が。片方の乳房を失ってさえいるマルスの娘が。毒を仕込んだ飛び道具の的になるなどとは。

中隊長　とにかくみんなそう言っているのです。それに、先ほどメロエ様も私にそう打ち明けてくれたばかりなのです。

祭司長　恐ろしい。

（伝令に出たアマゾン兵、戻ってくる）

巫女1　さあ、どういう様子だった。話してくれ。

祭司長　伝えてくれたか。女王に会えたか。

アマゾン兵　祭司長様、遅かったです、お許し下さい。女たちの一団に取り巻かれながら、ここに現れたかと思えば、次の瞬間にはあそこに姿を現す女王様にお会いすることはできませんでした。それでもほんのちょっとの間ですが、プロトエ様にはお会いしましたので、祭司長様の御意向をお伝えしたのですが。お答え頂いたのは——ほんの一言でした。私もとり乱していたので、ひょっとすると、聞き違えてしまったのかもしれませんが。

祭司長　で、その一言とは。

アマゾン兵　プロトエ様は馬を留めて、涙があふれているように見えましたが、じっと女王様の方に眼を向けておられました。正気を失っている方が、たった一つの頭を手に入れようと戦いを長引かせていることを、あなたがどれだけ腹に据えかねているかお伝えしたところ、こうおっしゃいました。お前の祭司長様のもとに戻って、この闘いで一つの頭が女王の手に落ちるよう、とにかく跪いて、お祈り下さい、と伝えてくれ。そうでなければ、女王にも我々にも救いの道はない、とのことでした。

祭司長　ああ、女王はオルクスへの道をまっしぐらに下って行く。あの人は、遭遇した敵対者に負けることはないが、自分の胸の中の敵によって沈められることだろう。そして全ての者を奈落まで巻き添えにしてしまう。囚われの身となった私たちをヘラス[58]に運んで行く船の姿が、私には見える。紐で飾り立てられた船が、私たちをあざ笑うように、ヘレスポントスの泡立つ波をかき分けて進んでゆくところが、思い浮かんでくる。

巫女1　そのようです。もうあそこに悪い知らせが近付いてきたようです。

第八場

一人の連隊長登場。前場の人々。

連隊長 逃げるのだ。祭司長様、捕虜たちを安全な場所へ。ギリシア軍が総勢で殺到してきます。

祭司長 オリュンポスの神々よ。一体何が起こったのだ。

巫女1 女王様はどこなのです。

連隊長 戦死されました。アマゾン軍は総崩れです。

祭司長 狂ったか。何ということを言うのだ。

巫女1 （武装したアマゾン兵たちに）捕虜たちを連れて行け。

（捕虜たちは引っ立てられて行く）

祭司長 言ってくれ、それはどこで、いつのことだ。

連隊長 あまりにも恐ろしいことですが、手短かにご報告致します。アキレスと女王は槍を構えたまま、遭遇しました。雲の帳を引き裂く二つの稲妻がぶつかるような勢いでした。槍は鎧の胸板より脆かったようで、砕けてしまいました。ペレウスの息子の方は立ったままでいましたが、ペンテジレーア様は死の影に囲まれて落馬したのです。今や女王があの男の前で地べたを転げ回り、復讐されるがままの無防備な姿を晒しているのを見た誰しもが、あの男が女王を、オルクスの底まで完全に叩き落とすだろうと思いました。ところが不思議なことにあの男は、死のように真っ青になって立ち尽くし、こう叫びました。「おお、神々よ、瀕死のこの女は、なんというまなざしで俺を見つめているのか」。彼は急いで馬の背から飛び降りました。そして、周りの乙女の戦士たちが驚愕して身動きできないまま、女王の言い付けを守って剣を揮《ふる》おうとしないのを尻目に、大胆にも蒼ざめた女王に歩み寄り、身を屈めて女王の顔を覗き込み、「ペンテジレーア！」と叫んで、女王を両腕に抱えて抱き起こすと、自分のやってしまったことを大声で呪い、嘆きの声をもらしながら、女王に息を吹き返させようとしたのです。

祭司長　あの男が――何だって。他でもないあの男が。

連隊長　「失せろ、憎き男め」、と我が軍の者たちは一斉に、轟くような大声であの男に向かって叫びました。プロトエ様は、「その場から退かぬなら、その礼として死で報いるしかない。一番鋭く突き刺さる矢をお見舞いしてやれ」と叫ばれ、馬の蹄であの男を追い払い、その腕から女王を奪い返されました。そうこうしている間に、咽喉をぜいぜい言わせ、胸の鎧が砕かれ、乱れた髪を頭から垂らして、見るも哀れな状態だった女王様も気が付かれたので、隊列の後方へとお連れしたのです。そこで女王は立ち直られました。ところが、あのドロペス人[59]は不思議にも――ある神の仕業でしょうか、青銅でしっかりと楔《くさび》を打ち込まれた胸の奥にある、あの男の心臓はにわかに溶けて恋心に変わったのです――「待ってくれ、我が友たちよ。アキレスは永遠の平和をもってそなたたちに挨拶したいのだ」と叫んで、剣を投げ捨て、楯も捨て、胸から鎧を取り外すと――彼を襲うことが許されるのであれば、棒か、いや両手でだって打ち倒すことができたでしょう——恐れ気もなく女王の歩む方向について来たのです。あの狂った向こう見ずな男は、彼の命が私たちの矢で冒されてはならない、と命じられているのを知っているかのようでした。

祭司長 で、誰がそんな狂った命令を出したのだ。

連隊長 女王です。他に誰が。

祭司長 とんでもないことだ。

巫女1 見て、見て。あそこにその女王様が、プロトエ様に手を引かれて、無残なお姿でよろめきながらやって来られます。

巫女2 天にある永遠の神々よ。何という有様だろう。

第九場

ペンテジレーア、プロトエとメロエに手を引かれて登場。側近たちも登場。

ペンテジレーア (弱々しい声で) ありったけの犬をあの男にけしかけろ。燃える松明《たいまつ》で象どもを打ち、あの男に向かわせろ。鎌付きの戦車であの男を押し倒し、あの豊かな手足を打ち落としてしまえ。

プロトエ　愛する方。私たちが切にお願いしたいのは――

メロエ　お聴き下さい。

プロトエ　ペレウスの息子はあなたを追って来ています。命が大事であればお逃げ下さい。

ペンテジレーア　この胸を踏みにじるために来るのか、プロトエ――夜風に当たったリラが静かに私の名前を囁いたので、怒った私がそれを踏み付けにしようとするのと同じではないか。私があの男に抱いたような感動で私に近付いてくれるなら、相手が熊であってもその足元にうずくまるし、豹であれば撫でてやるものを。

メロエ　それでは引かないおつもりですか。

プロトエ　お逃げにならないのですか。

メロエ　身の安全をお考えにならないのですか。

プロトエ　どうにも名付けようのない事態が、ここで、このような場所で生じてもよいのですか。

ペンテジレーア　この戦場で闘いながら彼の気持ちを獲得しようとせざる得ないのが、私の罪だというのか。私があの男に向かって剣を抜くのは、一体何のためなのだ。オルクスへ突き落とすためなのか。私はただ、永遠の神々よ、あの男をこの胸に引き下ろしたいだけなのだ。

プロトエ　譫言を言っておいでだ――

祭司長　不幸な女だ。

プロトエ　分別をなくしておられる。

祭司長　一人の男のことしか考えていないのだ。

プロトエ　転倒したせいで、すっかり正気を失っておられるのです。

ペンテジレーア　（無理に落ち着いた様子で）分かった。皆の望み通りにしよう。そういうことにしよう。私も気持を落ちつけよう。そうしなければならないからには、無理にもこの心を抑え付けてみせよう。やむにやまれずにそうするとはいえ、優雅にやってみせよう。お前たちの言うことももっともだ。ほんの束の間の私の望みが叶えられないからといって、子供のようにすねてただちに我が神々と手を切るなどということがどうしてできようか。撤退しよう。正直に言えば、幸運にめぐり遭えればよかったとは思うが、雲の間から幸運が転がりこんでくれるわけでもないし、かといってそのために天を攻略するつもりはない。ここを出るのを手伝ってくれ。馬を一頭引いてきてくれ。お前たちを故郷に連れて帰ることにしよう。

プロトエ　ああ、女王様、王者にふさわしいそのお言葉に三倍の祝福がありますように。さあ、おいで下さい。退却の準備は全て整っています――

ペンテジレーア　（バラの花冠が少女たちの手で編まれているのを目にとめ、急に顔を紅潮させ）ああ、これは。誰がバラの花を摘みとれと命じたのだ。

少女1　今更それをお尋ねですか、忘れておいでなのですか。それは、他でもない――

ペンテジレーア　他でもなく、誰だ。

祭司長　――あなたの乙女たちが心から待ち望む勝利の祝祭が行なわれるはずだったのです。そう命じたのは、あなた自身の口ではなかったですか。

ペンテジレーア　そんな浅ましい辛抱のなさは、呪われるがいい。血なまぐさい殺戮の最中に、狂気の宴が頭に浮かんだとは呪わしい。トランペットの鉄の肺から送り出される音や、隊長の号令もかき消してしまうほど、解き放たれた犬のように吠え立てる欲望が、純潔なアレスの血筋の娘たちの胸に湧いてくるとは、呪わしい――これが私が手に入れた勝利か――地獄の嘲《あざけ》りが勝利の声をあげながら近付いているのではなかろうか。こんなものは見たくない

（バラの花冠をむしり散らす）

少女1　女王様、何をなさるのです。

少女2　（バラの花びらをまた拾い集めながら）今は春ですが、この辺りは遠くまで足を伸ばしても、祭りに飾る花はもう見つかりません――

ペンテジレーア　春の花など全部枯れてしまえばいい。私たちが息をしているこの星も、このバラの花の一つのように圧し潰されてしまえばいい。世界の花冠全体もこの編んだ花輪のよ

うにばらばらにできたらいいのに――ああ、アフロディテよ。

祭司長　不幸な女だ。

巫女1　この方はもう取り返しがつかないことになっている。

巫女2　この方の魂はエリニュスたちにさらわれてしまった。

一人の巫女　（丘の上から）乙女たちよ、既にあのペレウスの息子が、放たれた矢のような勢いで近付いてきます、間違いありません。

プロトエ　こうして跪いてお願い致します――お逃げ下さい。

ペンテジレーア　ああ、私の魂は死ぬほどくたくただ。

（腰をおろす）

プロトエ　恐ろしい方だ。何をなさるのです。

ペンテジレーア　お前たちは逃げたければ、逃げるがいい。

プロトエ　あなたは――

メロエ　ここでぐずぐずされているのは――

プロトエ　あなたは――

ペンテジレーア　私はここに残るつもりだ。

プロトエ　何ですって、気でも違ってしまったのですか。

ペンテジレーア　聴いてくれ、私は立っていられないのだ。無理に歩いて、骨が折れてもいいというのか。私のことは放っておいてくれ。

プロトエ　本当に一番どうしようもない女になってしまわれた。それで、聞いておられますか、ペレウスの息子が放たれた矢のような勢いで迫っているのですよ――

ペンテジレーア　来させるがいい。鋼のようなあの強い足で、この首筋を踏み付けさせればいい。それで構わぬ。花咲くように豊かなこの二つの頬を、その材料である大地の塵から、これ以上長く隔てておく必要があろうか。私を馬から逆さ吊りにしたまま、あの男に故郷に引いて行かせればいいのだ。あの男は、今はこのように生気にあふれるこの肉体を、だだっぴろい野原に、さらし物になるように投げ棄て、犬どもやおぞましい鳥どもの朝の餌食にくれてやればいいのだ。魅惑することのない女であるよりは、塵になってしまった方がまだましだ。

プロトエ　ああ、女王様。

ペンテジレーア　（首飾りを首から引きちぎりながら）こんな呪わしい偽りの輝きなど消えてしまえ。

プロトエ　天におられる神々よ。それが先ほどその口で約束された、気持ちを落ち着けるということですか。

ペンテジレーア　この頭の飾りどももそうだ――お前たちは何に頷いているのだ。矢や頬よりも役立たずのお前たちなど呪われろ――今日、戦場へと赴く我が身を飾り立ててくれた手も、これも勝利を勝ちとるためです、と私を言いくるめた裏切りの言葉も忌々しい。鏡を持って、右からも左からも私を取り囲んで、ここに映る、鉄の鎧で引き締められたすんなりした手足は神の似姿のようではございませんか、と誉めそやしたおべっか使いの女たちも忌々しい――地獄から授かったそんな不粋な手管など、ペストに取り憑かれるがいい。

ギリシア兵たち　（舞台の外から）前進、ペレウスの息子殿、前進です。お喜び下さい。もう少し進めば、あの女を捕えられます。

巫女1　（丘の上で）ディアナよ。女王様。お逃げにならなければ、おしまいです。

プロトエ　我が心の姉妹よ。我が命よ。逃げないのですか。立ち去らないのですか。

ペンテジレーア　（彼女の目から涙が落ち、彼女は一本の木に寄りかかる）

プロトエ　（急にほろりとなり、ペンテジレーアのそばに膝をつきながら）では、お好きなようになさい。逃げることはできない、そうしたくないのなら――そうしましょう。泣かないで下さい。私はおそばに残ります。不可能なこと、あなたの力の及ばぬこと、あなたが実行できないことである以上、私がそれをあなたに求めることはできません。それが神々の御意向です。行け、乙女たちよ、行け。故郷の野原へと帰るのだ。女王と私はここに残ります。

祭司長　どういうことだ、不幸な女よ。女王の強情を更に募らせるつもりなのか。

メロエ　女王様が逃げることは無理なのでしょうか。

祭司長　無理だろうね。あの女を引きとめているのは、外にあるもの、運命なんかではなく、本人の愚かしい心なんだから――

プロトエ　それが、この方の運命です。あなたには、鉄の縛は断ち切れないように見えるのでしょう。そうではないのですか。でも、考えてみて下さい。そんなもの女王なら、引きちぎってしまうかもしれません。ただ、あなたが軽蔑しておいでの感情は断ち切ることができないのです。その心の中で動いているものが何なのか知っているのは、彼女だけです。感情に揺れ動く胸は、どんな人の胸であろうと、謎です。彼女は人生の最高の宝を得ようと努め、それに触れ、それを摑みました。しかし、更に別の宝に手を伸ばそうとすると、その手がいうことがきかなくなったのです――さあ、いらっしゃい。私の胸で思いを遂げたらいいのです――何が不足なのです。何故泣いておられるのです。

ペンテジレーア　痛い、痛い――

プロトエ　どこが。

ペンテジレーア　ここ。

プロトエ　痛みを鎮めてさしあげましょうか――

ペンテジレーア　いらない、いらない、いらない。

プロトエ　さあ、気持ちを落ち着けるのです。ちょっとの間に、全てが終わります。

祭司長　（小声で）二人ともそろっておかしくなっている――

プロトエ　（同じく小声で）どうか黙っていて下さい。

ペンテジレーア　もし私が退却に加わったとして――仮にそうしたとして、それで、どういう風に私の気持ちが落ち着くのだ。

プロトエ　ファルソスに行くことになるでしょう。そこで今はちりぢりになっている部下たちの全員と再会できるでしょう。そこに集結するよう私が指示しておきました。あなたは休息をとり、傷の手当てをし、お望みなら、翌日の日の出と共に乙女の軍を率いて、再び戦いを挑むことだってできます。

ペンテジレーア　そんなことができるものなら——私にそれができたなら——人の力が成し得る最大のことを私はやった——不可能なことを試みたのだ——私は自分の全てを賭けた。決定の賽は投げられた。既に目は出ている。私はそれを認めねばならない——そして、私の負けと出ているのを。

プロトエ　違います。違います。我が愛しい方。私はそうは思いません。ご自分の力をそんなに卑下してはいけません。あなたが命をかけて手に入れようとしているものの価値をそんなに低いものと思ってはなりません。賭けのための代価は既に支払ったなどと思い込んではなりません。あなたの首から下がっている白と赤の真珠の首輪が、あなたの心がさし出すことのできる富の全てなのでしょうか。ファルソスにお出でになれば、あなたの目的のために成すべきことが、まだどれだけ多くあることか、考えもつかないくらい多くあることがお分かりになるでしょう。もちろんそうは言っても——今となってはもう手遅れのようですが。

ペンテジレーア　（不安そうな動きをみせてから）私が急いだとしたら——ああ、気が狂いそうだ——太陽はどの辺だ。

プロトエ　あそこです、ちょうどお頭の真上です。夜にならない内にファルソスに辿りつけるでしょう。ギリシア軍に悟られないようダルダノス軍と密約を結び、ひそかにギリシア軍の船が停泊している入江に行きましょう。夜になれば、一つの合図を皮きりに火の手が上がり、ギリシア軍の陣営を攻略する手筈です。前後から同時に攻めれば、敵の軍勢は分断されて、ばらばらになり、陸に上がって四散するでしょう。そこを追いかけ、付け狙い、捕え、気に入った頭があれば見逃すことなく花の冠を被せるのです。そんなことを経験できれば、私はどれほど幸せでしょう。そうなったら私はきっと休むことなくあなたのおそばで奮戦し、灼熱の日が何日続こうといといません。疲れることなく、手足に宿るありったけの力を使い果たさずにはおれないでしょう。我が愛する姉妹の望みが叶えられ、どれだけ多くの苦労を経た後であろうと、ペレウスの息子が結局打ち負かされて、あなたの足もとにひれ伏すことになるまでは。

ペンテジレーア　（プロトエの話の間、そっちに顔を向けず、太陽を見つめていたが）翼をいっぱいに拡げて、さーっと羽音を立て、大気をかき分けて進んで行けたら——

プロトエ　えっ。

メロエ　——何を言ったんだろう。

プロトエ　何を見ているのです、女王様。

メロエ　何をあんなにじっと見つめて——

プロトエ　愛するお方、答えて下さい。

ペンテジレーア　高すぎる。それは分かっている。高すぎる——あれは、永遠に遠い炎の輪となって、思い焦がれるこの胸の周りを戯れている。[60]

プロトエ　誰のことです、私の最高の女王様。

ペンテジレーア　いいんだ、いいんだ――どう行ったらいいのだろう。(気をとり直して立ち上がる)

メロエ　それで決心して頂けますね。

プロトエ　それではお発ちになりますか――さあ、女王様、巨人のようになって下さい。オルクス全体があなたにのしかかってきても、倒れてはいけません。立つのです。しっかりと立って下さい。アーチの積み石のどれもが落下しようとしているからこそ、それに抗してアーチがしっかりと立っているように。あなたの頭を、その要石になぞらえ、神々の稲妻に向かって差し出し、ここに落ちろ、と叫ぶのです。そして、爪先まで真っ二つにされておしまいなさい。そうなってもあなたご自身は、もはやたじろぐことはないでしょう。その若い胸の内で一つの呼吸が、漆喰と積み石をつなぎとめている限り。さあ。私にお手をお預け下さい。

ペンテジレーア　こっちへの行くのか、それともあっちか。

プロトエ　あちらの岩山の方が安全に行けますが、こちらのもっと楽な谷あいの道も選べます――どちらにお決めになりますか。

ペンテジレーア　岩山だ。その方が彼により近付ける。ついて来い。

プロトエ　誰に近付くというのです、女王様。

ペンテジレーア　お前たちの腕を貸してくれ、可愛い者たちよ。

プロトエ　あの丘を登りつめてしまえば、もうあなたの身は安全です。

メロエ　参りましょう。

ペンテジレーア　（二つの橋にさしかかって、急に立ち止まる）そうだ聞いてくれ。ここを立ち去る前に、私には一つし残したことがある。

プロトエ　し残した。

メロエ　それは何です。

プロトエ　不幸な方。

ペンテジレーア　友たちよ、もう一つあるのだ。私ができる限りのことを全てやっていないとしたら、私は気が狂っているであろう。お前たちもそう思うだろう。

プロトエ　（不機嫌に）そういうことなら、私たちは今すぐに破滅した方がましです。そうなったら、もう救いの道はないのですから。

ペンテジレーア　（驚いて）どういうことだ。お前は何が不満なのだ。私が彼女に何をしたというのだ、お前たち、教えてくれ。

祭司長　あなたが考えているのは――

メロエ　あなたはこんな所に来てもまだ――

ペンテジレーア　いや、いや、彼女を怒らせるようなことをするつもりは全然ない――イーダ山[61]を転がして行ってオッサ山[62]に重ね、その頂きに静かに裸で立ってみたいのだ。

祭司長　イーダ山を転がして――

メロエ　オッサ山に重ねて――

プロトエ　（ふり向いて）すべての神々よ、この方をお守り下さい。

祭司長　おかしくなってしまった。

メロエ　（おそるおそる）女王様、それはギガンテス[63]のやることです。[64]

ペンテジレーア　それはそうだ。それはそうだ。だけど、私はどこで彼らに引けをとるというのだ。

メロエ　どこで彼らに引けをとる――

プロトエ　天よ。

祭司長　しかし仮に――

メロエ　しかし仮にそんな業をあなたがなし遂げたとして――

プロトエ　仮にそうなったとして、あなたは何を――

ペンテジレーア　愚か者め。その時はあの炎のような金髪を摑んで、私の足下に、あの男を引きすえてやるだろう――

プロトエ　誰を。

ペンテジレーア　ヘリオスだ。[65]彼が私の頭の上を通り過ぎて行く時に。

（族長たちは言葉もなく、愕然として互いに顔を見合わせる）

祭司長　女王を力ずくで連れて行くのだ。

ペンテジレーア　（川を見下ろして）私は狂っているな。ほら、私の足もとに彼がいるではないか。

この身を受けとめて――

（川の中へ飛び込もうとするが、プロトエとメロエが引き止める）

プロトエ　不幸な方。

メロエ　この方はまるで、生命のない着物のように、私たちの手の中で力なく萎んでしまわれた。

巫女たち　（丘の上から）族長の方々、アキレスが現われましたよ。乙女の全軍がかかっても、彼を押しとどめられそうにありません。

一人のアマゾン兵　神々よ。お助け下さい。あの人を人と思わぬ男から乙女たちの女王をお守り下さい

祭司長　（巫女たちに）行くのだ。立ち去れ。乱戦の場は、私たちの居場所ではない。

（祭司長は巫女たちやバラ摘みの少女たちと共に退場）

第十場

アマゾン軍の一部隊が弓を手に登場。前場の人々。

アマゾン兵1　（舞台の奥に向かって叫ぶ）下がれ。向こう見ずな奴め。

アマゾン兵2　我らの言うことなど聞いていない。

アマゾン兵3　族長の皆様、あの男に射かけるなという命令がある限り、狂って前進してくる

彼の歩みは止められません。

アマゾン兵2　どうすればいいのです。プロトエ様、おっしゃって下さい。

プロトエ　（女王を介抱しながら）だったら彼に何万本も矢を射かけろ。

メロエ　（付き従う者たちに）水をもって来い。

プロトエ　ただし、彼を射殺してしまわないよう気を付けろ——

メロエ　兜一杯の水をもって来い、と言ってるのだ。

一人の族長　（女王のそばから離れて）ここに。

（水を汲んで持ってくる）

アマゾン兵3　（プロトエに向かって）落ち着いて下さい。何も心配することはありません。

アマゾン兵1　ここに整列。彼の頬をかすめ、あの髪が焦げるほどに射かけ、少しの間、死の接吻がどんなものか味わわせてやろう。

（兵士はそれぞれ弓に矢をつがえる）

第十一場

アキレスが兜も鎧もつけず、更には武器も持たずに数人のギリシア兵を従えて登場。前場の人々。

アキレス　おや、その矢は一体誰を狙っているのだ、乙女たちよ。まさか、鎧もしていないこの胸ではあるまいな。この絹の胸当てを外して、俺の心臓が悪意なく脈打っているところを、お前たちに見せろというのか。

アマゾン兵1　そのつもりなら、それをおろしてもらおうか。

アマゾン兵2　その必要はなかろう。

アマゾン兵3　今この男が手を当てている所に狙いを定めよう。

アマゾン兵1　この男の心臓を木の葉のように射抜いた矢が、そのまま心臓を空中に引きさらっていくように――

数人のアマゾン兵　撃つんだ。射当てろ。

（一斉にアキレスの頭上に向かって矢を放つ）

アキレス　やめろ、やめろ。お前たちの目の方がもっと確実に命中しそうだ。オリュンポスの神々にかけても、冗談を言っているわけではない。既にこの心の核心に射当てられた気がしているのだ。だから、いずれの意味でも[66]武器を取り上げられてしまった者として、お前たちのかわいい足元にひれ伏したい。

アマゾン兵5　（舞台裏から飛んできた投げ槍に射当てられ）よき神々よ。

（倒れる）

アマゾン兵6　（同様に）

痛い。

（倒れる）

アマゾン兵7　（同様に）

アルテミスよ。

（倒れる）

アマゾン兵1　お前は狂っている。

メロエ　（女王を介抱しながら）

不幸な方。

アマゾン兵2　この男は武器を持たない、と言ったのに。

プロトエ　（メロエと同様に介抱しながら）

この方の魂が抜けてしまわれた。

アマゾン兵3　そうこうするうちにこの男の手下が味方を倒している。

メロエ　そうこうするうちに乙女たちが倒れていく、どうしたらいいのだ。

（上の三つ、それぞれ同時に）

アマゾン兵1　鎌付きの戦車を持って来よう。

アマゾン兵2　あいつに犬をけしかよう。

アマゾン兵3　象の背中の物見櫓から石を投げ落として生き埋めにしよう。

一人のアマゾンの族長　（突然女王のそばを離れながら）さあ、私が矢を放ってみよう。

（肩から弓を下し、引き絞る）

アキレス　（あちらのアマゾン兵の方を向いたと思えば、こちらのアマゾン兵の方に顔を向けながら）信じられないな。そもそも、銀の鈴のように心地よいお前たちの声が、お前たちが言っていることは嘘だと告げているぞ。そんな青い瞳のお前も、絹のようにやわらかい巻き毛で輝くお前も、俺に擦猛な犬をけしかけたりしない。お前たちの早まった合図で解き放たれた犬どもが、吠え立てながら俺に向かってくることにでもなったら、お前たちは自らの体を俺と犬どもの間に投げ出し、お前たちへの愛で燃え上がるこの心臓、この男心の楯になってくれるだろう。

アマゾン兵1　思い上がりだ。

アマゾン兵2　奴の自惚れた台詞をよく聞いておけ。

アマゾン兵1　奴は、あのようなへつらいの言葉で私たちを――

アマゾン兵3　（アマゾン兵1にこっそり声をかける）オテルペだ。

アマゾン兵1　（振り向きながら）おお、ご覧。弓の名人のお出ましだ――皆、そっと円陣を解こう。

アマゾン兵5　何だ。

アマゾン兵4　訊くな。すぐに分かる。

アマゾン兵8　ここだ。この矢を取れ。

先ほどのアマゾンの族長　（弓に矢をつがいながら）あの男の両股を縫い合わせてやろう。

アキレス　（既に弓の狙いを定めてそばに控えていたギリシア兵に向かって）あの女を撃て。

アマゾンの族長　天の神々よ。（倒れる）

アマゾン兵1　恐ろしい奴だ。

アマゾン兵2　自分の方が射当てられて倒れてしまった。

アマゾン兵3　永遠の神々よ。そのうえ、あそこからまた新手のギリシア勢が迫っている。

第十二場

ディオメデスがアイトリア人たちを率いて、アキレスが登場したのとは反対側から登場。すぐ続いてオデュッセウスが、アキレスが登場した側から一隊を率いて登場。

ディオメデス　着いたぞ、我が勇敢なるアイトリア人たちよ。こっちだ。（部下を率いて橋を渡る）

プロトエ　ああ、アルテミスよ。聖なる方。助けて下さい。私たちはもう駄目だ。

（数人のアマゾン兵の助けを借りて、女王を再び舞台の手前に運ぶ）

アマゾン兵たち　（取り乱して）私たちは捕まってしまった。囲まれてしまった。分断されてしまった。行け。逃げられる者は逃げるんだ。

ディオメデス　（プロトエに向かって）降参しろ。

メロエ　（逃げて行くアマゾン兵たちに）お前たち、狂ったのか。何をしているんだ。踏みとどまるのだ――プロトエ、こっちを見ろ。

プロトエ　（女王のそばを離れず）行け、お前もあの者たちの後を追うんだ。そして時が来たら、私たちを救い出してくれ。

（アマゾン兵たちは四散する。メロエはその後を追う）

アキレス　さあ、あの女の頭はどこに見える。

一人のギリシア兵　あそこです。

アキレス　ディオメデスに十個の冠を贈りたいところだ。

ディオメデス　もう一度言うぞ、降参しろ。

プロトエ　お前にではなく、勝利者にこの方の身を委ねよう。お前は何の用があるのだ。この方は、ペレウスの息子のものだ。

ディオメデス　ならば、その女をやっつけてしまえ。

一人のアイトリア人の兵　いざ。

アキレス　（そのアイトリア兵を突きのけて）俺の女王に少しでも触れる者は、影も形もなくなると思え。女王は俺のものだ。あっちへ行け。お前たちはここで何をしようというんだ――

ディオメデス　おい。お前のものだと。ほう、そうかい。雷の神ゼウスの髪にかけて尋ねるが、どういう理屈でそうなるのだ。どんな権利があるというのだ。

アキレス　一方が右に立てば、もう一方は左に立つことになる、という理屈だ。任せるがよい。

プロトエ　さあ。あなたの寛大さを信用致します。

アキレス　（女王を腕に抱きとりながら）何も心配はいらない、何も――

（ディオメデスに）お前は乙女たちを追撃してくれ。私はもう少しここに留まる――行ってくれ。頼む。何も言うな。この女を手にするため、お前ではなくて、ハデス[67]を相手に戦うつもりだ。

（女王を樫の木の根もとに寝かせてやる）

ディオメデス　まあ、よかろう。者どもついて来い。

オデュッセウス　（一隊を引き連れて舞台を横切りながら）おめでとう、アキレス。おめでとう。心地よい響きを立てるあの四頭立ての馬車を君にやろうか。

アキレス　（覗き込むように女王の上に身を屈めながら）必要ない。構わないでくれ。

オデュッセウス　良かろう。好きにしたらいい――者ども続け。乙女軍が体勢を立て直す前に叩くのだ。

（オデュッセウスとディオメデスが、アマゾン兵たちが出て行った側から部隊を率いて退場）

第十三場

ペンテジレーア、プロトエ、アキレス。ギリシア軍、及びアマゾン軍の従者。

アキレス　（女王の鎧を解きながら）彼女はもう生きていない。

プロトエ　ああ、この人の目が、この荒廃した光景を見ないですむようにしてあげたい。この人が目を覚ますことの方が、よほど心配だ。

アキレス　私の一撃はこの女のどこに当たったんだろう。

プロトエ　胸を引き裂く一撃を受けたのに、この方は無理やり起き上がったのです。よろめくこの方を私たちはここまでお連れし、この岩山を登ろうとしていたところです。でも、手足の負傷のせいなのか、魂の傷手のせいか、とにかく戦いであなたの前で身を沈めたことに耐えられなかったのです。足がいうことを聞かなくなり、真っ青な唇でぶつぶつ言いながら、二度も私の腕に倒れてしまったのです。

アキレス　ぴくりとした——見たか。

プロトエ　ああ、天の神々よ。では、この方は杯を最後まで飲み干してはいなかったのですね。[68] ご覧下さい、さあ、この気の毒な方をご覧下さい。

アキレス　息をしている。

プロトエ　ペレウスの息子よ。憐れみの気持がおありなら、その胸に情というものが通っているのであれば、この方を殺すつもりがなく、激しやすいこの方を完全に狂気に追い込むつもりがないのなら、私の願いをお聞き下さい。

アキレス　さっさと言え。

プロトエ　この場を離れて下さい。秀でた方、どうかこの方が目を覚ました時、この方の目に触れないところまでお退き下さい。そして、あなたをとり巻く一隊を移動させて、あの遠くの山の霞の上に今一度太陽が昇るまでは、この方のそばに誰も近寄らないようにしてください。「あんたはアキレスの捕虜なんだよ」と、とどめの言葉で挨拶しようとする輩がいるかもしれませんから。

アキレス　彼女はそれほど私を憎んでいるのか。

プロトエ　ああ、訊かないで下さい。心の広いお方。もしも女王が希望を頼りに、今嬉しそうに甦ろうとしているのに、目にする最初の人が、その喜びを打ち消す存在、自分を負かした相手であるという事態は避けたいので。女の胸の中では、白日の光に耐えられないことが実にたくさん起こるものです。それが運命の女神の望むところなら、女王も最後は、苦痛を覚えながら、囚人としてあなたにご挨拶せざるを得なくなるでしょう。だから、お願いです。女王の心がこの事態に対して備えができるまでは、それを求めないで下さい。

アキレス　私が彼女をどうするつもりなのか、お前に伝えておかねばならないな。あのプリアモスの自惚れた息子[69]にしてやったのと同じことをするつもりだ。

プロトエ　何と。恐ろしい人だ。

アキレス　彼女はそうされると恐れているのか。

プロトエ　言葉にできないことを女王に対して実行するおつもりか。残酷さの権化のような人だ。花で飾られた子供のように、数々の刺激的な魅惑を具えたこの若い身体を、あなたは死骸のように辱めるというのか。

アキレス　私が愛していると、この女に伝えてくれ。

プロトエ　何ですって——どういうこと。

アキレス　何が、「何ですって」だ。男が女を好きになる、それだけのことだ。清い心で彼女を思っているが、すがりつきたい思いで一杯だ。純真な心で、彼女の純真さを奪ってやりたい。この女を私の女王にしたいのだ。

プロトエ　おお、永遠なる神々よ。もう一度おっしゃって下さい。あなたは——

アキレス　だとしたら、ここにいてもいいのか。

プロトエ　ああ、あなたのその足に接吻させて下さい、神のようなお方。今となっては、もしあなたがここにいらっしゃらなかったら、探しに出かけたいくらいの気持ちです。ヘラクレスの柱までも探しに行くでしょう。ペレウスの息子よ——ああ、ごらん下さい。女王が目をあけます。

アキレス　動いている。

プロトエ　今が肝心です、男たちはここから離れなさい。あなたは急いで、その樫の木の蔭に身を隠し下さい。

アキレス　我が仲間たちよ、行ってくれ。

（アキレスの従者たち退場）

プロトエ　（樫の木の蔭に隠れたアキレスに）もっとしっかり木陰の中に。お願いですから、私が声をかけるまで姿を見せないで下さい。いいですか。この方の魂がどういう状態か予想がつきません。

アキレス　そうしよう。

プロトエ　それでは、十分気を付けて下さい。

第十四場

ペンテジレーア、プロトエ、アキレス。伴のアマゾン兵。

プロトエ　ペンテジレーア。いつまで夢を見ているのです。どれほど遠く離れた光り輝く野原をあなたの精神はさまよっていたのでしょう。自らが本来いるべき場所が気に入らないとでも言わんばかりに、落ち着きなくひらひら飛び回っているように見えました。その間に、若き王のような幸運が、あなたの胸に宿を取ろうとしてやってきたのですが、その愛らしい住まいが空っぽなのをいぶかしんで、身をひるがえし、再び天へと足早に戻っていこうとしているところですよ。その客をしっかり捕まえておきたくないんですか、馬鹿みたいですよ。

ペンテジレーア　私はどこにいるのだ。

プロトエ　自分の姉妹の声が分からないのですか。あの岩山やこの橋の道や、花が咲き誇るこの一帯の景色を見ても、どこだったか思い出せませんか——ほら、あなたを囲んでいる乙女たちをごらんなさい。この世よりも美しい世界の門口に立っているようでしょう。彼女たちは、あなたに向かって「ようこそ」と呼びかけていますよ——溜息をつきましたね、何を心配しているのです。

ペンテジレーア　ああ、プロトエ。私は何と恐ろしい夢を見たのだろう——目が覚めたら、苦しみで弱り切ったこの心臓が、姉妹と思うそなたの心臓に寄り添って鼓動しているのだから、なんと甘美な喜びか。泣きたくなるぐらいだ——激しい混乱の中でペレウスの息子の槍を受けたような気がした。青銅の鎧をがらがらいわせながら、私は打ちのめされた。私がぶつかった衝撃で、地面は激しい音を立てた。そして、驚き慌てた我が軍が退却している間、私はまるで全身がんじがらめになったように、身動きできないでいた。その時だ。あの人が馬からさっと飛びおり、勝ち誇った足どりで私に近より、ぐったり倒れている私を捕まえ、その逞しい腕に抱えあげたのだ。私はこの腰の短刀に何ども手を伸ばそうとしたが、ダメだった。私は捕虜にされ、嘲笑を浴びせられながら、あの男の陣屋へと連れて行かれることになった。

プロトエ　違います、我が最愛の女王。あの広い心の方が嘲笑するなどありえません。あなたの夢がそうだったとしても、私の言うことを信じて下さい。そうすれば、幸せなひと時が訪れることでしょう。神々の息子が大地に降り立ち、あなたの前にひれ伏し、忠誠を捧げる姿を見ることもできるでしょう。

ペンテジレーア　友よ、そんな屈辱を受けるくらいなら、呪われた方がましだ。剣によって自分の力で勝ち取ったのではない男、自分の正当な所有物にしたのではない男を迎え入れるくらいなら、この身が呪われた方がましだ。

プロトエ　落ち着いて下さい。我が女王。

ペンテジレーア　何だと。落ち着けだと――

プロトエ　あなたに忠誠を誓っているこの胸に、あなたは身を預けているではありませんか。あなたにどんな運命の定めがあろうと、私たちは、二人でそれに耐えていきましょう。しっかりして下さい。

ペンテジレーア　プロトエ、私の心は岩壁に囲まれた入江の海のように穏やかだった。一つの感情も波立っていなかった。しかし、今、「落ち着いて下さい」というお前の言葉を聞いて、急に、追い立てられている気がしてきた。遮るもののない大海原で、風が波を巻き起こすように、心が揺れている。一体どういうわけで、ここで落ち着く必要があるのか――しかし、お前たち、何だか妙にうろたえているように見えるぞ――それに、一体どういうわけか、私の後ろをずっとにらんでいるぞ。まるで、恐ろしい顔の魔物が私の背後に立って脅かしているかのように――私が語ったことはただの夢だったのだろう。そうじゃないとでも――何だって。それとも、やはり夢なのか。それでいいのか。あれが本当に起こったことだということがあり得るのか。言うんだ――一体メロエはどこだ、メガリスは。

（辺りを見回し、アキレスに気付く）

大変だ。私の背後に、あの恐ろしい男がいるではないか。今こそ自由に動くこの手で――

（短刀を引き抜く）

プロトエ　不幸な方だ。

ペンテジレーア　ああ、情けない女だな、私の邪魔をするとは――
プロトエ　アキレス。この方を救けて下さい。
ペンテジレーア　貴様、狂ったのか。この男が、私の首に足をかけるのを手助けするつもりか。
プロトエ　足をかけるなんて、狂っている。
ペンテジレーア　どけ、そう命じているのだ――
プロトエ　だったら、あの方をじっくり御覧になったらいい。救いようのない人だ――あの方は武器を持たずに、あなたの後ろに立っているではないですか。
ペンテジレーア　何で。どういうこと。
プロトエ　そうですよ。あなたが求めさえすれば、あなたの花輪の冠を自ら進んで受け、あなたに繋がれる、心構えをしているのです。
ペンテジレーア　ありえない、本当のことを言え。
プロトエ　アキレス。この人は私を信じてくれません。ご自分の口で話してやって下さい。
ペンテジレーア　あの男が私の捕虜だと。
プロトエ　そうじゃなかったら、どうだというんです。そうでしょう。
アキレス　（このやりとりの間に進み出ていた）
とにかく、あなたが今本当にそうなのかと疑っておられるよりも、ずっといい意味で、あなたの捕虜なのです、気高い女王よ。私の人生を、これからずっと、あなたのまなざしの虜になったまま、羽ばたかせ続けたいと思います。

（ペンテジレーアが両手で顔を覆う）

プロトエ　さあ、この方自身の口からちゃんと聞きましたね――この方は、お二人が渡り合った時、あなたと相討ちになって、大地に倒れたのです。そしてあなたが気を失って横たわっている間に、武器を取りあげられたのです――でしょう。

アキレス　武器を取りあげられ、こうしてあなたの足もとまで連れて来られたのだ。

（女王の前に片膝をつく）

ペンテジレーア　（少し間をおいて）そういうことなら、歓迎いたそう。新鮮な生の魅力をみなぎらせている、神と見まがう紅顔の美青年よ、ようこそ。こうなったら、ああ、我が心臓よ、この人が来るのを待ちかねて、この胸の二つの部屋にどんどんたまっていった血液を、一気に放出せよ。翼の生えた快楽の使者たちよ、我が青春の精気たちよ、今こそ沸き立ち、歓喜の声を挙げて、我が血管を駈けめぐれ。そして、この二つの頰の中を通り抜けていけ。この頰を領土とする王国の赤い旗がはためくように。若きネレウスの孫が私のものになったのだ。

（立ち上がる）

プロトエ　さあ、お慕いする我が女王、落ち着いて下さい。

ペンテジレーア　（前に進みながら）さあ、こちらへ。勝利の栄冠に飾られた乙女たちよ、マルスの血を引く娘たちよ、頭のてっぺんからつま先まで戦塵にまみれたまま、今こそ征服したアルゴスの若者の手をそれぞれとってこちらへおいで。幼き少女たちよ、そなたたちは、バラの籠《かご》を持って参れ。これだけ沢山の頭を飾る花輪となると、一体どこにあるのだろう。野原に駆けて行って、春の訪れを拒んでいるバラの花たちにそなたたちの息を吹きかけ、原っぱ中で咲き出すようにしてくれないか。ディアナの巫女たちよ、仕事にかかるがよい。楽園の門のように、輝きに満ち、香しい香りをたきしめたそなたたちの神殿の門を、私のために、勢いよくがらがらと開けておいてくれ。最初に、角の短いよく肥えた牡牛を祭壇に捧げてくれ。神聖な場所なので音は立てられないけれど、神殿が揺れ動くくらいの気合いを込めて、その牛めがけて、きらめく鋼の斧を打ちおろすのだ。神殿に仕える元気な侍女たちよ、どこにいるのだ。かいがいしく働く女たちよ、炭火にかけて煮えたぎらせたペルシアの香油で、あふれ出た血を床板の表面から拭きとるのだ。そして、ひらひらする衣服をまくりあげ、黄金の盃を満たすのだ。チューバよ、高鳴れ、大喇叭《おおらっぱ》よ、轟きわたれ、美しい調べの歓喜の声よ、天空の頑丈な構えを揺さぶるのだ――ああ、プロトエよ、一緒になって喜びの声をあげ、躍ってほしい。友であり、心の姉妹であるプロトエよ、考えてくれないか。オリュンポスをにぎわす祭よりもっと神々しい祝いの儀をどうやって執り行ったらいいか、智恵をしぼってくれ。戦争に参加した花嫁たちの婚礼、イナコス[71]の子孫とマルスの血を引く娘たちの婚礼なのだ――メロエはどこに行ったのだ。メガリスは。

プロトエ　（胸のたかぶりを抑えて）
あなたには、喜びも悲しみも同じくらい危険です。どっちに転んでも、結局あなたは狂気にさらわれることになりそうです。思い込んでいるんですね、もうテミスキュラにいるものと思い込んでいるんですね。そうやって境界線を越えて飛んでいくほどあなたが夢中になっているのを見ていると、あなたの空想の翼が急に萎えてしまうような言葉を、つい言わずにはいられない気持ちになります。周りを見渡してごらんなさい、欺かれているのに気付きませんか。あなたはどこにいるのです。味方はどこにいますか。どこに巫女たちがいますか。アステリアは。メロエは。メガリスは。あの者たちはどこに行ったんでしょう。

ペンテジレーア　（プロトエの胸にすがって）私のことは放っておいてくれ、プロトエ。ほんの二瞬くらいの間、泥だらけの子供が水浴びするように、この心が喜びの流れに身を委ねるのを放っておいてくれないか。心臓が鼓動するごとに、汚れが一つ一つ、私の胸から、大きな波にのって洗い去られていくような気がするのだ。あの恐ろしいエウメニデスたち[72]が遠ざかり、私の周囲の神々が近付いているような気がする。すぐにでも神々の合唱に加わりたい。これほど死ぬ心構えができたことは未だかつてない。だが、今は何よりもまず、お前に聞いておきたい。私を許してくれるか。

プロトエ　おお、我が主よ。

ペンテジレーア　分かっている、分かっているとも——私の血のよき半分がお前なのだから——不幸の涙は人の気持ちを清めると言われているが、我が愛する者よ、私はそう感じたことなどない。むしろ不幸になると、神々や人間に対して、自分でも理解できない激しい憤激をぶつけたくなる。誰であれ顔に喜びの片鱗を浮かべている者に出くわすと、憎らしくなる。妙な具合だ。母の膝で戯れている子供は、その母と結託して、わざと私の苦痛を逆なでしているように思えた。しかし今は、自分の周りのすべてのものが満ち足りて幸せにしているところを見たいとどれだけ願っていることか。ああそうなのだ、友よ。確かに人間は苦しみの中で偉大になり、英雄になるかもしれない。しかし、至福の時には、神のごとくになるのだ——でも、急いで肝心の話をしよう。全軍、ただちに帰国の準備にとりかからせるのだ。兵馬とも全軍が休息を取ったら、すぐにでも故郷の草原を目指し、捕虜を伴った隊列を組んで出発するのだ——リュカオンはどこだ。

プロトエ　誰ですか。

ペンテジレーア　（やんわりと不機嫌な様子を見せて）今更、誰ですかって言うのか。お前が剣で我が物にした、あの花咲くギリシアの勇士のことだろう。どうして見当たらないんだ。

プロトエ　（狼狽して）まだ森の中ですよ、我が女王。他の捕虜たちも同じ所にいます。掟に従って、故郷に無事到着するまでは私の前に姿を見せることはできません、そういうことなので、ご容赦下さい。

ペンテジレーア　あの男を呼んで参れ——まだ森の中だと——私のプロトエの足もとこそ、あの男のいるべき場所——愛しい人よ、頼むから彼をここに呼ぶんだ。お前がまるで五月の遅霜のように寒々しい様子で傍に突っ立っているせいで、若々しい命の喜びが私の中に芽生えてくるのが妨げられているのだ。

プロトエ　（独白）不幸な人だ——さあ、行け、そして女王様の言い付け通りにせよ。

（一人のアマゾン兵に合図する。その女は退場）

ペンテジレーア　誰かバラの少女たちを連れて来てくれないか。

（地上に落ちているバラに目をおとす）

おや、バラの萼《うてな》が[73]、しかもこんなに匂い香のバラが、こんなところに。

（手を額にやる）

ああ、悪夢がまた。

（プロトエに向かって）

ディアナに仕える祭司長がここにいたということか。

プロトエ　いえ、知りません、我が女王。

ペンテジレーア　どうしてこんなところにバラが。

プロトエ　（焦って）野原にバラを摘みにいった娘たちが、一籠分忘れて行ったのでしょう。でも、この偶然はかえって好都合です。さあ、こうしてこのいい香りの花をかき集めて、あなたのペレウスの息子のために冠を編んでさしあげましょう。いいでしょう。

（と言って、樫の木の下にうずくまる）

ペンテジレーア　ああ我が愛しき者よ。すばらしい考えだ。お前には本当に感動させられる――ではそうしてもらおう。私はお前のために、リュカオンを勝ちとった記念に、この百重咲きの花の冠に編んでやろう。さあ。

（プロトエと同じように数本のバラを拾い集め、そばに座る）

音楽だ、女たちよ、音楽を頼む。落ち着かない。歌を聞かせてくれ。気持を鎮めてほしいのだ。

乙女1　（伴の一団の中から進み出て）

どんな歌がお望みですか。

乙女2　勝利の歌ですか。

ペンテジレーア　賛美の歌（Hymen）がいい。

乙女1　そういたしましょう——ああ、まだ思い違いしておいでだ——さあ歌え。演奏するのだ。

乙女たちの合唱隊　（伴奏を伴って）

アレスは逃れゆく。

見よ。馬車を引く白馬たちが、

湯気を立てながらオルクスにまで急いで下って行く。

恐ろしきエウメニデスたちは、門を開けて迎え入れるや、

彼が通り抜けると、そのままぴしゃりと閉じてしまう。

乙女1　ヒュメーン（Hymen）[74]よ、いずこに。

松明をともしたまえ、輝かせたまえ。輝かせたまえ。

ヒュメーンよ、いずこに。

合唱　アレスは逃れゆく。（云々）

アキレス　（合唱の間に、こっそりプロトエに近付く）

おい。こんなことをやっていて、私はこれからどうなるのだ。知っておきたいのだ。

プロトエ　もう少しですから、心の寛いお方よ、ご辛抱下さい――すぐにお分かりになります。

（花冠が編みあげられると、ペンテジレーアは自分が編んだのをプロトエのと交換する。二人は抱き合い、編み具合を確かめる。伴奏がやむ。使いに出たアマゾン兵が戻ってくる）

ペンテジレーア　伝えたのだな。

アマゾン兵　リュカオンは、アルカディアの若き王子はすぐ参ります。

第十五場

ペンテジレーア、プロトエ、アキレス、及びアマゾン兵たち。

ペンテジレーア　さあ、来るのだ。愛しいネレウスの孫よ、さあ、私の足もとに身を横たえて――もっとこっちへ。遠慮などせず、さあ堂々と――私が怖いわけじゃないだろう――私が勝利したからといって、私が嫌いというわけではなかろう。口をきけ。お前を倒した女を怖れているのか。

アキレス　（彼女の足もとに横になる）花が太陽を怖れるように。

ペンテジレーア　うまい、うまい言い方だ。では、私をお前の太陽と思ってくれ――我が支配者、ディアナよ、この男は怪我している。
アキレス　腕をすりむいただけだ。ほら、大したことない。
ペンテジレーア　ペレウスの息子よ、頼むから、私がお前の命を狙っていたとは思わないでくれ。喜び勇んでこの腕でお前に立ち向かったのは確かだが、お前が倒れた時、この胸は、お前を抱きとめた土に嫉妬したのだ。
アキレス　私を愛しているのなら、それは口にするな。傷はもう治っているだろう。
ペンテジレーア　ということは、赦してくれるのか。
アキレス　心から——
ペンテジレーア　さあ——翼の生えた少年の姿をした愛[75]は、どうやって手に負えない獅子を鎖に縛り付ける。答えられるか。
アキレス　ごわごわした頬を撫でてやるのではないかな。そうすると、おとなしくなると思うよ。
ペンテジレーア　だったらいいな、一人の乙女がその首に首輪をかけようとしているのだから、若い鳩であるお前は、もう暴れてはいけないよ。だって、お前、ああ、この胸にたぎる感情は、我が両手となって、お前を撫でているのだから。
（いくつもの花輪をアキレスの首に巻き付ける）
アキレス　一体あんたは誰なんだ。不思議な女だ。
ペンテジレーア　それをこっちによこせ。じっとしていろ、と言ったろう。すぐにどういうことか分かる——ほら、この軽いバラの輪をこうやってお前の頭とうなじの周りに——お前の腕にも、手にも足にも垂らして——それからまた頭の方に回して——さあ、できた——何を吸い込んでいるのだ。
アキレス　お前の美しい唇の香りさ。
ペンテジレーア　（身をそらせながら）匂いを撒き散らしているのは、バラではないか——いや、何でもない、何でもないのだ。[76]
アキレス　枝に生えている生きたバラを嗅ぎたいものだ。
ペンテジレーア　熟したら、すぐにでも摘むことができるのだ、最愛の人よ。

（もう一つの花輪をアキレスの頭にかぶせ、歩かせてみる）

さあ、できたぞ。ほら、見ろ。バラの輝きが溶けて流れ出すような感じは、彼に似合っているだろう。雨雲のように曇っている彼の顔も、輝いているではないか。なあ、最愛の姉妹よ、時間の女神ホーライ[77]たちによって、新しい一日が山の彼方から運ばれてくると、その足もとでダイヤモンドの光が輝き出すというのは、本当だな、ただその新しい一日も、彼の顔ほどにはやさしく穏やかではなかろう——なあ。彼の目が輝いているようには見えないか——そうだろう。彼がああいう姿を見せているので、本当にあれが彼なのかと疑いたくなってしま

う。

プロトエ　誰だというのです。

ペンテジレーア　ペレウスの息子よ。プリアモスの息子の内で一番偉大な男[78]を、トロイの城壁の前で倒したのは一体誰なのだ。お前なのか。本当にお前が、その両手であの俊足を刺し貫き、馬車に逆吊りにして括り付け、祖国の都の周りを引きずり回したのか——言ってごらん。何か言え。どうしてそんなにそわそわしている。何か不都合なことでも。

アキレス　それは確かに私だ。

ペンテジレーア　（彼を鋭く見つめてから）自分がそうだ、と言っているぞ。

プロトエ　確かに彼です、女王。ここについているこの飾りから、彼だと分かるはずです。

ペンテジレーア　どうやって。

プロトエ　ほら、ごらんなさい。気高い神々の母テティスが、炎の神へパイストス[79]の機嫌を取って、彼のために作らせた鎧ですよ。

ペンテジレーア　では、この口づけで挨拶しよう。人間の中で最も手に負えない男よ、私のものだ。若き戦の神であるお前を我が

物にしたのはこの私だ。お前の軍の者たちに訊かれたら、私の名を告げるのだ。

アキレス　まるでエーテル界が開かれたかのように、光り輝く姿で降りて来たあなたは、理解を越えた人だ。一体あなたは誰なのだ。恍惚になっている私の心が、自分は誰のものになったのかと戸惑っているというのに、どうして他人にあなたの名を告げることができよう。

ペンテジレーア　お前の心がいぶかっているのなら、ここに記された文字を告げるがいい。これこそが、お前が心に留めるべき私の名だ――でも、この金の指輪をお前に贈ろう。この指輪のあらゆる特徴が、お前の安全を保証してくれるだろう。それを見せさえすれば、誰でも私のもとへお前を連れてきてくれるだろう。しかし、指輪はなくなるものだし、名前は消えるものだ。名前が消え、指輪がなくなったとしても、お前は記憶の中に私の姿を再び見出すことができるだろうか。目を閉じても、思い描くことができるだろうか。

アキレス　ダイヤモンドに刻まれた印のように、しっかり刻み込まれているさ。

ペンテジレーア　私はアマゾン族の女王。我が民は、マルスより生まれ来たことを誇りにしている。オトレレが、我が偉大なる母の名だ。そして民の誰もが、私に挨拶する時、ペンテジレーアと呼びかける。

アキレス　ペンテジレーア。

ペンテジレーア　そうだ。今言った通りだ。

アキレス　私が死ぬ時に歌う白鳥[80]も、ペンテジレーアと歌うことになるだろう。

ペンテジレーア　自由に動き回る権利を与えよう。お前の好きなように、乙女の軍の中を歩き回ってかまわないぞ。というのは、花のように軽いのに、鋼よりももっとしっかりお前を私に繋ぎ留める、もう一つの鎖をお前の心にかけておこうと思っているからだ。でも、その鎖が、感情の炎の中で、それぞれの輪が愛情深く鍛えあげられて繋がっていき、時の力によっても予期せぬことが起こっても絶対に破壊されないほど強くなるまでは、私のところに戻ってくるのだ。それがお前の義務なのだから。いいだろう、私のところへだ、若き友よ、理解してくれるだろう。お前の要求なり望みなり、何でも適えてやろうと思っているこの気持を。そうしてくれるな、約束してくれ。

アキレス　若い馬が、命の糧である飼葉桶の匂いのするところに戻っていくようなものだ。

ペンテジレーア　よかろう。その言葉を信じることにしよう。これから私たちはすぐにテミスキュラに向かって出発する。そこまでの道中、私の厩の馬は皆お前のものだ。緋色の天幕をお前のところへ運ばせよう。王者たるお前の要望に応えるために奉仕する奴隷のことも忘れないようにしよう。ただ、分かってくれると思うが、帰還の旅の途中、私もいろんな用事で縛られることになるので、他の捕虜たちと一緒にいてくれないか。ネレウスの孫よ、テミスキュラに着いてからでないと、この胸の思いのたけをそなたに捧げることができないのだ。

アキレス　言われた通りにしよう。

ペンテジレーア　（プロトエに）ところで、お前の相手のアルカディアの男は、どこをさまよっているのだろう。

プロトエ　我が主――

ペンテジレーア　可愛いいプロトエよ、お前の手であの男に冠が授けられるのを私はどうしても見たいのだ。

プロトエ　もう来ます――ここにある彼のための冠は決してなくしません。

ペンテジレーア　（急に思い立ったように）それでは――多くの仕事が私を呼んでいる、行かせてくれ。

アキレス　どうしたのだ。

ペンテジレーア　友よ、立たせてほしい。

アキレス　逃げるのか。私を見捨てていくのか。私を放ったままにしておくのか。思い焦がれるこの胸は、いろいろ解けない謎で一杯なのに、その謎を解く鍵もまだ与えてくれてないのに、行ってしまうのか、愛しい人よ。

ペンテジレーア　テミスキュラに着いてからにしよう、友よ。

アキレス　この場で教えてくれないか、私の女王。

ペンテジレーア　テミスキュラに着いてからだ、友よ、テミスキュラに――さあ、放してくれ。

プロトエ　（不安な様子でペンテジレーアを引きとめながら）どういうことですか。我が女王、どこへ行くつもりです。

ペンテジレーア　（怪訝な顔をして）閲兵しておきたいのだ――おかしいな。メロエと話したい。メガリスとも。どうなっているんだろう、今の私にはおしゃべり以外の用事がないのだろうか。

プロトエ　我が軍は今も逃げているギリシア人を追っています――そちらは先陣を切っている

メロエに任せればいいのです。あなたはまだ休養が必要です――敵勢がスカマンドロスの対岸に渡り切ったら、我が軍はすぐにでもこちらへ凱旋行進してくるでしょう。

ペンテジレーア (思案しながら)

えっ、そうか――ここ、この野原にか。確かなのか。

プロトエ　確かです。安心して下さい――

ペンテジレーア (アキレスに向かって) では手短に。

アキレス　お前は不思議な女だ。一体どういうことなのだ。アテナのごとく軍の先頭に立ち、辱められたわけでもないのに、雲から舞い降りたように、トロイ[81]城を前にした我々の合戦に突然割り込んできたのは。頭から爪先まで鋼で身を固め、フリアイのような、あんな訳の分からない怒りに満ちて、ギリシア人の群れに挑んだのは、どうしてなのだ。愛する人よ、その美しさをただ黙って見せるだけで、男どもの群れは、お前の前で、地べたに頭をすり付けるのに。

ペンテジレーア　ああ、ネレウスの孫よ――女が使うもっと優しいやり方は、私には許されていないのだ。お前の国の祝祭では、楽しい競技で腕を競おうとしてすぐれた青年たちが大きな流れのように大挙してやってきたところで、娘たちが相手を選ぶということだが、私は恋人を選ぶことを許されていないのだ。花束であれこれ細工したり、わざと恥ずかしげなまなざしをしたりして、相手を惹き付けるのも許されていない。ほんのりと空が明るくなっていく夜明け時に、鶯の鳴き声が響きわたる柘榴《ざくろ》の森の中で、相手の男の胸に身を沈め、あなたこそ私の男、と告白するわけにはいかないのだ。私は、血なまぐさい戦場で、我が心が選ぶ若者を求め、このやわらかい胸が受けとめるべきその男を、鋼の腕で捕まえねばならないのだ。

アキレス　一体どういうわけで、いつ頃からそういう女らしくない、こんな言葉を使うのを許してほしいのだが、自然に反する掟が行われるようになったのだ。お前の部族以外の人間には異様だ。

ペンテジレーア　遠い昔、あらゆる聖なるものを秘めた壺に遡ることなのだ、若者よ。あらゆる時の頂き、天空の雲と霞によって永遠の神秘に閉ざされた、誰も足を踏み入れたことのないその頂きより、定まっていることなのだ。つまり、始祖の母たちの言葉が定めたことなのだ。だから、ネレウスの孫よ、お前たちがお前たちの祖先の最初の父たちの言葉を耳にすると何も言えなくなるように、私たちはその言葉を聞くと、沈黙してしまうのだ。

アキレス　もう少しはっきり言ってくれないか。

ペンテジレーア　いいだろう。聞いてくれ――今アマゾン族が治めている土地には、その昔多くの神々に仕えていたスキュティアの民が治めていたが、この地上の他の全ての民と同じく、自由で戦闘的な民だった。何世紀にもわたって、果実の実り豊かなコーカサスの山を、自分のものだと称していた。ある時、エチオピア王ウェクソリスがその麓に押し寄せ、戦いのため結束して立ち上がったこの国の男たちをあっという間に薙ぎ倒し、周囲の谷間を怒涛のように進んでいき、年寄りも幼な児も関係なく、抜き放った刀を手あたり次第打ち下ろし、殺戮していった。この部族の立派な男たちは一人残らず、この世から消えた。勝者たちは厚かましくも、野蛮人らしく私たちの小屋に住みつき、私たちのこの豊かな畑の作物で身を肥やすだけでなく、私たちに耐え切れない辱めを加えた。しかも、それに愛で応えるよう強いるのだ。妻たちを夫の墓から力ずくで引き離し、自分たちの汚らわしい寝床へ引きずりこんだのだ。

アキレス　女王よ、お前の女人の国に命を与えることになった運命は、破滅を伴うものだったのだな。

ペンテジレーア　しかし人は耐えきれない重荷は、肩からふるい落とすものだ。ほどほどの重さの圧迫でないと、耐えられないのだ。女たちは来る日も来る日も夜通し、マルスの神殿にひっそりと籠り、泣きながら助けを求める祈りを捧げ続けた。祭壇の階に涙で穴を開けるほどだった。汚された寝床には、真っ白に研ぎすまされた短剣が備え付けられた。竈の火で飾り帯、指輪、腕輪など、装飾品の類を鋳直して作った短剣だ。そしてエチオピア王ウェクソリスと女王のタナイスの婚礼の日をひたすら待った。客人たちの胸に、それで口づけしてやれる日を待ったのだ。その婚礼の当日、女王は自分の短剣を王の心臓に突き刺した。卑劣な男の代りに、マルスが婚礼を果たしたのだ。そして人殺しどもは全て、一夜の間に、寝首を掻かれ、ぴくぴくしながら死に至った。

アキレス　女たちがそうせざるを得なかったのは理解できないことではない。

ペンテジレーア　その後、民の集まりで決定したのだ。このような英雄的な行為を成し遂げた女たちは、もはや男どもにかしずくのはやめ、遮るもののない野を吹き抜ける風のように自由であり続けよう。もはや権力を欲する男どもの声によって振り回されることのない、独り立ちした一つの国家、女の国家を打ち立てよう。自分たちに相応しい法を定め、自分たち自身にのみ従い、自分たちの身は自分たちで守ることにしよう。そして、タナイスを女王とする。この国を目にした男は、即刻その目が永久に閉ざされねばならない。そして暴君どもの口づけのせいで男の子が生まれるようなことがあれば、その子は即刻オルクスへと、その野卑な父どもの後を追わせてやらねばならない。これらの定めの守護者として偉大なタナイスに王冠を捧げる儀式がアレスの神殿で執り行われることになり、神殿はすぐにごった返す人の波でいっぱいになった。儀式が最高潮に達し、スキュティアの国で歴代の王に受け伝えられてきた大きな黄金の弓を、着飾った祭司長から受けとるべく、祭壇の階を昇り切った時、女王はこう言い放ったのだ。「このような国は男どもの嘲笑を誘うばかりで、戦い好きな隣国の民の襲撃を受ければ、たちまちその軍門にくだることになろう。何故なら、もともと力が弱いうえ、豊かな二つの乳房が邪魔になって、女の腕では、男のようにやすやすこの弓を扱えないからだ」。そう言うと、少しの間そこに佇み、この言葉にどれだけの効き目があったか見極めようとした。しかし、おじけづいて動揺する雰囲気があるのを見てとると、女王は自分の右の乳房を引きちぎり、これから弓を取る女たちはアマゾン、即ち、乳房なき女と呼ばれることになろう、と最後まで言い切る前に倒れてしまった——この後で彼女に王冠がかぶせられた。

アキレス　何ということだ。だとすると、女王は乳房に未練がなかったのか。それほどの者なら、男の民を支配することもできただろうに。それを聞くと、心から頭がさがる思いだ。

ペンテジレーア この行為を目前にして、民はひっそり静まりかえった、ペレウスの息子よ。死人のように蒼ざめ、こわばった祭司長の両手から落ちた弓の弦がブーンと鳴る音が聞きとれるだけだった。王国に伝わってきたその黄金の大弓は、落ちて大理石の階に当たり、三度ばかり鐘のような音を立ててから、女王の足もとまで転がっていき、死んだようにぴたりと動きをとめたのだ。

アキレス お前たちの女の国で、その女王の先例に従う者はいないと思いたいものだ。

ペンテジレーア 勿論、それはありえない。彼女ほど鮮やかにそれを成し遂げられることはできない。

アキレス (驚いて)何だって。では、やはり——あり得ない。

ペンテジレーア 何を言っているのだ。

アキレス ——では、あの恐ろしい言い伝えは本当だったのだろうか。では、お前の周りに立っている、花のように美しい、一族の誇りとすべきこの人たちは皆着飾りさえすれば、愛おしさのあまりその前に跪きたくなる、祭壇のように完璧だというのに、人の性にさからって、不当にも、もぎとられたというのか。

ペンテジレーア 知らなかったのか。

アキレス (顔をペンテジレーアの胸に埋ずめながら)ああ、女王。若々しい愛の感情のすみかが、妄想のために、野蛮にも——

ペンテジレーア　落ち着け。そうした情はこの左の方に避難している。おかげで、以前より心臓に近い場所に宿ることになった。私がそうした気持ちをすっかりなくしてしまったと思い込んで、お前が失望しなければいいのだが――

アキレス　本当なんだな。明け方に見るおぼろな夢も、今のこの瞬間よりも真実らしく思える――でも、話を続けてくれ。

ペンテジレーア　どういう風に。

アキレス　――まだ、最後まで話し終わっていないだろう。だって、誇り高すぎる女の国が男どもの助けなしに建国されたとしても、男どもの助けなしにどうやって繁殖をし続けられるのだ。大洪水の後で、土の塊を後ろ向きに投げて、大地から新しい人間たちを生み出したデウカリオン[82]が、時々、その塊の一つをお前たちのために投げてくれるとでもいうのか。

ペンテジレーア　毎年、女王が民の数を計算したうえで、死亡によって生じた穴を埋めようとする時には、女たちの内でも最も花盛りの者を召し出し――（言葉につまり、アキレスを見つめる）何故笑うのだ。

アキレス　誰が。私が。

ペンテジレーア　私には笑ったように見えたのだ。愛する人よ。

アキレス　――お前の美しさのためにぼうっとしていたのだ。許してくれ。お前は月から降りて来たのではないか、と思っていたところだ。

ペンテジレーア　（しばらく間をおいて）

毎年、女王が民の数を計算したうえで、死亡によって生じた穴を埋めようとする時には、女たちの内でも最も花盛りの者を、国の至る所からテミスキュラに召し出すのだ。そしてアルテミスの神殿で、彼女たちの若い胎内に、マルスの清らかな胤《たね》を授けてくれたまえ、と祈るのだ。この祭りは、静かに優しく行なわれ、花咲く処女の祭りと呼ばれる。私たちはその時が来るのを、雪化粧が払われ、春風が自然の胸に口づけするまで、待ち続けるのだ。その願いを受け、ディアナに仕える巫女たちは、マルスの神殿に赴き、祭壇に向かってひれ伏し、諸々の民の賢き母の願いをこの神に奏上する。この神に願いを聴きとどけるお気持がある時は——というのは、神がその願いを拒むこともよくあって、雪深い山々が糧となるものを充分に与えて下さらないこともあるからだが——神は巫女を通じて、清らかですぐれた一つの民の名を告げられる。神の代り、名代として、私たちに遣わされる予定の民だ。その民の名と場所が告げ知らされるや否や、歓喜の声が町にも田舎にも響き渡る。その処女たちは、マルスの花嫁として挨拶され、母親たちから武器を、弓と短剣を贈られ、喜びの声をあげて取り囲み、せわしげにかしずいてくれる人たちの手で、婚礼のための青銅の衣装を体一面に着せ付けられる。晴れの門出の日が決められると、低く抑えられた音のチューバが吹き鳴らされる。乙女の一団は囁き合いながら馬に飛び乗り、まるで足裏に羊の毛でも生えているかのように、静かにひっそりと、夜の薄明かりの中を谷や森を越えてはるばると、選ばれし民の陣営に向かうのだ。その国の手前まで来ると、入国を前にして馬ともども二日間旅の疲れを慰す。そして炎のように真っ赤な旋風が吹き上がるかのように、男たちの森に奇襲攻撃をかけ、穂先が擦れ合ってこぼれ落ちてくる種子（Samen）[83]のように落ちてくる者たちの中で最も熟した者たちを、私たちの故郷の野原へと吹き飛ばして行くのだ。故郷に着くと、ディアナの神殿で神聖な祭を繰り返し行って、男たちの世話をするのだが、その祭については、それがバラの祭という呼ばれているということ以外は、私は何も知らない。その祭には花嫁の一団以外は誰も近付くことが許されておらず、禁を犯せば死刑になる――私たちのもとで、種子が育って花を咲かせるまで、それが続くのだ。その後、男たちは揃って王侯並みの贈物を持たせられ、成熟した母たちの祝祭の日に、堂々とした立派に飾った馬車に乗せて国に送り届ける。この祝祭は確かに、手放しで喜ばしいものとは言えない。ネレウスの孫よ――何故なら、たくさんの涙が流され、少なからぬ者の心は暗い悲痛を味わうことになり、私たちが何か物を言う前にいちいち、偉大なタナイスの名を唱えるのは何故なのか分からなくなってしまうのだ――何を夢見ているのだ。

アキレス　私が？

ペンテジレーア　そう、お前が。

アキレス　（呆然として）愛する人よ、言葉ではうまく表し切れないことなんだ――それで、私もそんなふうに送り帰そうと思っているのか。

ペンテジレーア　分からない、愛する人よ、訊かないでくれ――

アキレス　本当に奇妙な話だ――

（考えにふける）

——でも、もう一つだけ謎解きをしてほしい。

ペンテジレーア　喜んで答えよう、我が友よ。何なりと訊いてくれ。

アキレス　お前がほかならぬこの私をあれだけしつこく追い回したことを、どう理解したらいいのだ。私のことを前から知っているように見えたのだが。

ペンテジレーア　もちろん。

アキレス　どうやって。

ペンテジレーア　愚かな女だと笑わないか。

アキレス　（微笑みながら）それは私には分からない、と今度は私の方が言わないといけないな。

ペンテジレーア　まあいい、教えてやろう——私はな、賑やかなバラ祭をいつも遠くから、樫の森を突き抜けるようにして神殿が聳えている辺りから眺め、楽しそうな笑い声の木霊を耳にしながら育ったのだ。二十と三度を数えた。すると、母のオトレレの死に際して、アレスが自分の許婚として私をお選びになったのだ。それというのも、我が王族の血を引く王女は、自分から望んで、花咲く処女の祭に加わることはなく、軍神が王女を求める時は、その威厳に相応しく、その巫女である偉大な祭司長の口を通じて呼びかけることになっているからだ。私の腕に抱かれた蒼ざめた母が、まさに死出の旅路に赴こうとしている時、マルスの使者が、おごそかに我が宮殿に現れ、これからトロイに出立し、彼に花冠を戴かせて、連れ帰るように命じたのだ。その時、神の名代として指名されていたのはギリシアの民だった。歴代の軍神の花嫁の相手に指名された者の中でも、かの地で奮戦しているギリシアの部族ほど歓迎すべき相手はこれまでいなかった。そのため街角という街角、市場という市場で、英雄たちの戦争における武勲を讃える雅な歌が響き、人々の心をはずませた。謳われたのは、ヘレネの誘拐のきっかけになったパリスのりんご、[84]船隊を率いるアトレウスの息子たち、[85]ブリセイス[86]をめぐる争いや軍船の出火、パトロクロス[87]の戦死とお前がその仇討ちを遂げ、華やかな凱旋を飾ったこと、そして今起こっている全ての大きな出来事だ——しかしオトレレの臨終に際して、嘆きで心が一杯になり、顔中涙だらけにしていた私は、マルスの使者が伝えるお告げを、上の空で聞いていた。「私をおそばに居させて下さい、母上!」と私は思わず叫んでいた。「あなたのご威光を最後に今一度示して頂くことが、今日ここで必要なのです。それによって、乙女たちに出陣をお命じ下さい」、と。しかし、女王は大分前から、私が戦場に赴くことを願っておられたのだ。というのも、女王の王位を継げる者がないまま、自分が死ぬことになれば、野心を持つ分家の者たちが王位を狙うようになると心配しておられたからだ。女王は、威厳を保ったままこう言われた。「行くがよい、我が愛しい娘よ。マルスがお前を呼んでいる。ペレウスの息子に花の冠を授けるのだ。私のように、誇り高く、元気な母となるのだ——」。そう言って、私の手を柔らかく握ると、そのまま息を引き取ったのだ。

プロトエ　オトレレ様は、そういう風に名前まで言われたわけですか。

ペンテジレーア　——そうなのだ、プロトエ。娘を深く信頼する母ならそうするように、彼の名を告げられたのだ。

アキレス　何故。何のために。それが掟で禁じられているというのか。

ペンテジレーア　相手を自分で選ぶのは、マルスの娘に相応しくないのだ。戦いの中で神が啓示する相手を選ばねばならないのだ——それでも、人並みすぐれた者たちと対峙できる場所に、姿を見せられるということは、狙いに向かって突き進む女にとって幸せなことなのだ——なあ、そうだろう。プロトエ。

プロトエ　そうです。

アキレス　で。

ペンテジレーア　——長いこと、まる一月もの間、苦しくてたまらず、みまかった母の墓にすがって、泣き続けていた。その墓の縁に置かれて今はかぶる主がない王冠に手をかけようともしないで。が、とうとう出陣の準備を整え、しびれを切らした人たちが宮殿の周りに集り、何度も声を大にして呼ばわって、無理に私を王座に引っ張り上げたのだ。悲嘆にくれながらも、進んでいかねばならないという思いで一杯になりながら、私がマルスの神殿に出向くと、アマゾン王国に伝わる鳴り響く弓が手渡された。それを握りしめた時には、まるで母が私を包んでくれているような気がして、母の最期の言葉を果たすことが、何にも増して神聖な使命に思えたのだ。そして、最も香しい花を、母の石棺の上に撒き散らすや否や、私はアマゾンの軍勢を引き連れてダルダノスの城へと向かった——そこへ行くよう私を召喚した大いなる神マルスの意に沿うことよりも、オトレレの霊に応えることを目指して。

アキレス　亡くなった母を思う気持のせいで、お前の若い胸にみなぎり、美しくしている日頃の力が一時的に奪われてしまったのだな。

ペンテジレーア　母を愛していたのだ。
アキレス　で。それからどうしたのだ——
ペンテジレーア　スカマンドロス川に近付くにつれ、私が馬を疾走させて行くどの谷あいの周囲にも、トロイ人の勝鬨の声が木霊するのを耳にするにつれ、心の痛みは消え、勇躍できる戦いの大いなる世界が私の前に開けてきた。私はこう考えた。これまでの歴史の偉大なる瞬間が全て繰り返され、祝いの歌がほめたたえる英雄たちの群れがこぞって星の世界から降りて来たとしても、私のために母が選んでくれたあの男以上に、私がバラの花輪で飾るにふさわしい、見事な男は立派な人は見つけられないだろう、と——愛らしくて荒々しい、甘くて怖い、ヘクトルを打ち倒した男、ああ、ペレウスの息子。目覚めている間絶えず私の頭に浮かび、絶えず夢に姿を現すのは、お前だったのだ。全世界が、見事な模様の張り渡された網のように、私の前に拡がっていた。その広い大きな網目のどれにも、お前の功績が一つ一つ編み込まれていた。私はその一つ一つを絹のような我が心臓に、炎の色で焼き付けていった。やがてそこにお前の姿をまざまざと思い描くようになった。イリウムの城の前で逃げ回るプリアモスの息子を倒す場面、その血のしたたる頭をじかに地面に引きずりながら、勝利者の高らかな喜びに燃え、顔をそちらに向けてじっと見つめている場面、プリアモスが息子の亡骸の引き渡しを願って、お前の天幕に現れた場面まで——そして、仮借のないお前、大理石のように冷たい胸を持っているお前でも、人の子らしい感情がよぎることもあるのだなと思い至った時[88]、私は熱い涙を流してむせび泣いた。

アキレス　愛すべき女王。

ペンテジレーア　ところで、友よ、私がお前の姿を最初に目にした時、どんな気持だったと思う――お前の民の勇士たちに囲まれて、夜の星々が色薄れてゆく中、まるで太陽のようにお前がスカマンドロス川の渓谷に現れた時のことだ。マルスが自分の許婚に挨拶しようと、白馬に引かせた馬車の車輪の音を轟々と響かせながら、オリュンポスからまっすぐ降りて来ることがあれば、きっとあんな気持ちに襲われたことだろう。お前がどこかへ身を引いてしまった途端、今目にしたものにくらくらし、その場に立ち尽くしてしまった――まるで、夜の暗闇を歩む旅人の目前に稲妻が走る時とか、光輝く楽園エリュシオン[89]の扉が死者の霊の前で、ガラガラと音を立てて開かれ、さっと閉じられる時に匹敵する衝撃だった。その一瞬の間に、ペレウスの息子よ、こうした感情が一体どこから私の胸にざわざわと流れ込んでくるのか、思い当たったのだ。愛の神が私を襲ったのだ。でも、お前を手に入れるか、そうでなければ死ぬか、この二つのいずれかを取ろうと即座に決心した。そして今、より甘美な方がかなえられたのだ――何を見ているのだ。

（遠くから武器がぶつかる音が聞こえる）

プロトエ　（こっそりと）神々の息子よ、お願いです。今すぐこの方にあなたの気持ちを告白しなければなりません。

ペンテジレーア　（急に身を起こして）アルゴスの兵どもがやって来た。女ども、立ち上がれ。

アキレス　（ペンテジレーアを抑えながら）落ち着け。あれは捕虜たちなのだ、我が女王。

ペンテジレーア　捕虜たち？
プロトエ　（アキレスにこっそりと）あれはオデュッセウスです。間違いありません。あなたの味方の軍が、メロエに激しく追い立てられて、こちらへ逃げてきたのです。
アキレス　（口の中でもごもごと）あいつらが岩になってくれたらいいのだが。
ペンテジレーア　言ってくれ。どうなっているのだ。
アキレス　（無理に陽気を装って）私のために、大地の神を生んでくれ。そして、プロメテウス[90]をしてその席から立ち上がらせ、世界中の人間に向かって、こう宣言してもらおうではないか。「ここに一人の人間が生まれた。これこそ、私が望んでいた者だ」と。しかし、私はお前に従ってテミスキュラには行かない。むしろお前の方が、私について、花咲くプティア[91]に来てほしい。我が民の戦が終われば、私は喜び勇んでお前をそこに連れて行く。そして、歴代の父たちが座ってきた玉座にお前を据えて、至福の時を迎えたい。

（武器の音が続く）

ペンテジレーア　えっ。どういうことだ。一言も理解できないぞ――
女たち　（不安そうに）ああ、神々よ。
プロトエ　ネレウスの孫殿、あなたが望むのはまさか――
ペンテジレーア　どういうことだ。一体どうなっているのだ。
アキレス　何でもない、何でもないんだ。我が女王、そんなに驚くな。神々が集まってお前にどんな運命を定めたかを耳にすれば、今や一刻の猶予もないことが分かるはずだ。愛の力によって私はお前の虜となっているし、未来永劫どこに行こうとこの絆に縛られ続けるのは確かだが、こと武運に関しては、お前が私の虜なのだ。人並みすぐれた者よ、私たちが一戦交えたとき、相手の足もとに倒れ込んだのは、私ではなく、お前なのだ。

ペンテジレーア　（さっと立ち上がって）恐ろしい男だ。

アキレス　頼む、聞いてくれ、愛しい人よ。クロノスの子[92]すら、起こってしまったことは変えられないのだ。気をしっかり持て。私の思い違いでなければ、あそこに何かしら不吉な知らせを持った私への使者が来ているが、岩のように全く動じることなく、彼の言葉に耳を傾けるのだ。分かっているだろうが、使者が持たらすものはお前にとって何でもないことなのだ、お前の運命はもう未来永劫にわたって決まっているのだから。お前が私の虜となった以上、私は、地獄の番犬にさえ負けない獰猛さで、お前の見張りをするつもりだ。

ペンテジレーア　私がお前の虜だって。

プロトエ　そうなんです、女王。

ペンテジレーア　（両手を挙げて）

永遠なる天の神々よ。私の問いに答えてくれ。

第十六場

二人のギリシア軍の隊長登場。甲冑をつけたアキレスの従者たち、前場の人々。

アキレス　なんの知らせだ。

隊長　さあ、ここから立ちのいて下さい、ペレウスの息子殿。勝ち負けは天気のように変わりやすいものですが、またもアマゾン軍の方になびき出しました。連中は、まさにこの場所めがけてまっしぐらに突っこんで来ています。そして、彼らの掛け声は、「ペンテジレーア！」です。

アキレス　（立ち上がり、花輪を頭からぐいと外す）武器を持ってこい。馬を引け。馬車で女どもを引きずり回してやる。

ペンテジレーア　（唇を震わせて）あり得ない。何だ、この恐ろしい男は。これが先ほどと同じ男なのか——

アキレス　（荒々しく）彼らとの間にまだ少し距離があるのか。

隊長　こちらの谷間から、彼らの旗印の黄金の半月[93]が見えます。

アキレス　（甲冑を付けながら）
この女を連れていけ。

ギリシア兵1　どちらへ。

アキレス　ギリシア軍の陣営だ。少し経ってから、私もお前たちの後を追うつもりだ。
ギリシア兵1　（ペンテジレーアに）立て。
プロトエ　ああ、我が女王。
ペンテジレーア　（茫然自失の態で）ゼウスよ、あなたは私に向かって稲妻を投げ付けて下さらないのですか。

第十七場

オデュッセウスとディオメデス、軍を率いて登場。前場の人々。

ディオメデス　（舞台を横切りながら）ドロペスの勇者よ、ここから立ち去ろう。この場を離れるんだ。なんとか退却できる道が一つだけ残っていたのだが、たった今、その道も女たちの軍勢によって断たれてしまった。行くんだ。（退場）
オデュッセウス　我が兵士たちよ、この女王を引っ立てて行け。
アキレス　（隊長に）アレクシス。頼まれてくれ。その女に力を貸してやれ。

ギリシア兵1　（隊長に）

この女は動きません。

アキレス　（自分の身支度を手伝うギリシア兵たちに）

楯を持ってこい。槍もだ。

（女王が抵抗するのを見て、大声で）

ペンテジレーア。

ペンテジレーア　ネレウスの孫よ。お前はテミスキュラまで私について来る気はないのか。遥か遠くの樫の木の梢の間から聳え立つあの神殿までついて来る気はないのか。さあ、こっちへ来い。まだお前に言っていないことがある――

アキレス　（すっかり武装を整え、ペンテジレーアの前に歩みよって手をさし出す）

女王よ、行く先はプティアだ。

ペンテジレーア　ああ――テミスキュラだ。友よ。言っておくぞ、テミュスキュラだ。ディアナを祀る神殿が樫の森に聳え立つテミスキュラだ。たとえプティアが至福の地であったとしても、それでもやはり、やはり、友よ。それでもテミスキュラだ。ディアナの神殿が、森の梢より高く聳えるテミスキュラだ。

アキレス　（ペンテジレーアを抱き起しながら）

一番大事な人よ、だったら私を許してくれ。お前のためにそういう神殿を我が領地に建ててやろう。

第十八場

メロエ、アステリア、アマゾン兵を率いて登場。前場の人々。

メロエ　あの男をぶちのめせ。

アキレス　（女王を放してふり向く）

こいつらは嵐にでも乗って来たのか。

アマゾン兵たち　（ペンテジレーアとアキレスの間に割り込みながら）女王を救うのだ。

アキレス　この右手に、ほら。

（女王を引っ張っていこうとする）

ペンテジレーア　（アキレスを自分の方に引っ張りながら）

ついて来ないのか。来ないのか。

（アマゾン兵たち弓を引き絞る）

オデュッセウス　引くんだ。血迷うな。もはやここであがいても、どうにもならんぞ――みんな、ついて来い。

（アキレスを無理やり引き離す。一同退場）

第十九場

ディアナに仕える祭司長が巫女たちを連れて登場。ギリシア人を除く前場の人々。

アマゾン兵たち　勝利。勝利。勝利。女王は救われた。

ペンテジレーア　（しばらく間をおいて）

私にとってこんな恥ずべき勝利は、呪われろ。この勝利に勝鬨の声あげる奴は呪われろ、その声を遠くへ運ぶ空気も呪われろ。私はあらゆる騎士の風習に従って闘った結果、武運つたなく彼の手に落ちたのではないか。狼や虎と闘うのではなく、人間同士が戦う戦争で、降伏して囚われの身となった者を、勝利を収めた者の縛めから解き放つよう命じる掟が、果たしてあるのだろうか——ネレウスの孫よ。

アマゾン兵たち　おお神々よ、今耳にしたことは本当なのか。

メロエ　アルテミスにお仕えする祭司長様、お願いいたします、もっと前にお出で下さい。

アステリア　女王はお怒りです。私たちが、女王を虜囚の辱しめからお救いしたから、というのです。

祭司長　（ごった返しになって群れている女たちの間から進み出て）

女王様、こうなったら、率直に申しあげましょう。そんな悪態をつけば、ご立派なことに、今日お見せになったお振舞いに、屋上屋《おくじょうおく》を重ねることになってしまいますよ。あなたがしきたりを軽んじ、自分の相手を戦場に求めたことだけを言っているのではありません。その相手をはいつくばらせるどころか、逆に敗北したことだけを言っているのでもありません。自分を負かした褒美として、あの男の頭をバラの冠で飾ったことだけを言っているのでもありません。それだけではなく、あなたは、御自分が縛られていた鎖を断ち切ってくれた忠実な部下たちに腹を立て、顔を背け、自分を征服した者を呼び戻そうとしているではないですか。さあ、タナイスの血を引く偉大な娘よ、このようにことを急いだのは間違いでした、それ以上のことではありません。だからお許し下さい。このために流された血のことを思うと、今は後悔しています。あなたを取り戻すそうとしている間に逃がしてしまった捕虜たちは、なんとしても奪い返したいと心から願っています。民の名において、私があなたの犯したことを帳消しに致しましょう。どこへなりとお好きなところに足を向けて頂いて構いません。ひらひらする衣装をまとって、あなたを虜にしたあの男に追いすがっても構いませんし、私たちが引きちぎってさし上げた鎖の切れ端を、あの男に渡しても構いません。戦の神聖な掟からすれば、それが当然でしょうから。ただし、女王様、私たちが戦争をここで切りあげ、故郷テミスキュラへの帰途に就くことは認めて下さい。私たちには、あそこに逃げて行くギリシア軍に、足をとめてくれ、と頼むことはできません。少なくとも私たちにはできないことです。あなたのように、勝利の冠を手にして、私たちの足もとにひれ伏すよう彼らに懇願することはできません。

（間）

ペンテジレーア　（よろめきながら）プロトエ。
プロトエ　我が心の姉妹。
ペンテジレーア　頼む、傍にいてくれ。
プロトエ　死んでも離れません、御存じのはず――どうして震えておられるのです、女王様。
ペンテジレーア　何でもない、何でもないのだ。すぐに落ち着く。
プロトエ　大きな痛みに突き当たっておられるのですね。雄々しく立ち向かって下さい。
ペンテジレーア　彼らを失ってしまったのか。
プロトエ　我が女王。
ペンテジレーア　私たちが倒した、あの華やかな若者たちの一隊は――私のせいで逃がしてしまったのか。
プロトエ　気をお鎮め下さい。もう一度戦をすれば、あなたのお力でまた取り戻せるでしょう。
ペンテジレーア　（プロトエの胸にすがって）ああ、無理だ。
プロトエ　我が女王。
ペンテジレーア　ああ、無理だ。永遠の闇に身を隠したい。

第二十場

一人の伝令登場。前場の人々。

メロエ　女王、伝令が参っております。

アステリア　どういう用件か。

ペンテジレーア　（かすかな喜びの表情を浮かべて）ペレウスの息子からの知らせだな――ああ、どんな話だろう。ああ、プロトエ、彼を通してやれ。

プロトエ　どんな知らせを持ってきたのだ。

伝令　女王、葦の冠を被るネレウスの孫、アキレスの用命で参りました。私の口からあなたに伝えよ、とのことでした。あなたは、アキレスを捕虜としてご自分の故郷の地へ連れ去りたいという気持ちに駆り立てられておられるが、一方、彼の方は、自分の故郷へあなたを連れ去りたいという気持ちに駆り立てられている。そこでアキレスは生死を賭けた戦いをあなたに挑みたいとのことです。公正なる神々の面前で、神聖な裁きを受けるべく、もう一度戦場に出向かれよ、という呼びかけです。相手の足もとの土埃をなめることになるのはいずれか、あなたか彼か、運命の高貴な舌である剣によって決するのです。この決闘に賭ける用意はおありですか。

ペンテジレーア　（一瞬蒼ざめて）お前の話は呪わしい、二度と口を開けないように、その舌が稲妻に打たれて、ちぎれてしまえばいい。まるで、一粒の砂がひっきりなしにあっちこっちにぶつかりながら、千尋の断崖を果てしなく落ちていく音が聞こえてくるような気がする。
（プロトエに）
——この男が先ほど話したことをその言葉通り、もう一度聞かせてくれ。
プロトエ　（震えながら）こうだったと思います。この伝令を遣わしたのはペレウスの息子で、戦場でまみえよう、とあなたに挑戦しているのです。きっぱりはね付け、拒否の返事をして下さい。
ペンテジレーア　それはできない。
プロトエ　我が女王。
ペンテジレーア　ペレウスの息子が戦場でまみえよう、と挑戦しているのだろう。
プロトエ　すぐにでも、拒絶すると返答して、あの男を追い返しましょうか。
ペンテジレーア　ペレウスの息子が戦場でまみえよう、と挑戦しているのだな。
プロトエ　はい、戦いを挑んでいるのです、我が主。そう申しあげています。
ペンテジレーア　自分と優劣を競うには弱すぎると私を侮っているいる男が、戦場でまみえようと、私に呼びかけているということだな、プロトエ。この真実の込もった胸はあの男の鋭い槍に砕かれない限り、あの男には触れられないというのか。私があの男に囁いた言葉も、彼の耳には、ただの音楽のように聞こえていたのだろうか。木々の梢の間にそそり立つ神殿のことなど頭にはなくて、私の手が花の冠をつけてやったのは、ただの石像だったのか。

プロトエ　鈍感な男のことなど忘れて下さい。

ペンテジレーア　（上気した顔をして）

そうか、そういうことなら、かえってあの男と渡り合う力が湧いてくる。あの男を地面に這いつくばらせてやる。たとえラピテスの一族[94]やギガンテスが彼の味方についていたとしてもだ。

プロトエ　我が愛する女王――

メロエ　お前も心配なのか。

ペンテジレーア　（メロエを遮るようにして）

お前たちのために全ての捕虜をとり戻してやるぞ。

伝令　挑戦に応じて下さるので――

ペンテジレーア　受けてたとう。神々の見ておられるところで、彼が私と対決できるようにしてやろうではないか。私は、フリアイを立ち合いとして呼び寄せるつもりだ。

（雷鳴が轟く）

祭司長　ペンテジレーア、私の言葉があなたを怒らせたのなら、私にその痛みを――

ペンテジレーア （涙をこらえて）

祭司長、放っておいてほしい。そなたの言葉は無駄にしない。

メロエ 祭司長様、あなたの御威光だけが頼みです。

祭司長 女王、あなたに腹を立てている方[95]の声が聞こえますか。

ペンテジレーア 私は、その方が持っている雷のありったけを、この頭上に落としてくれるよう呼びかけているのだ。

連隊長1 （動揺しながら）

族長の皆様――

連隊長2 無理だ。

連隊長3 あり得ない。

ペンテジレーア （痙攣しているような荒々しさで）

こっちへ来い。犬どもを指揮するアナンケよ。

連隊長1 我が軍は散り散りになり、数が少なくなっています――

連隊長2 疲労困憊しています――

ペンテジレーア 象の部隊と共に出撃するのだ、テュルロエ。

プロトエ 女王。あなたは犬や象をくり出してあの男を――

ペンテジレーア 戦場という畑の収穫祭のために作られた、研ぎ澄まされ、きらきら光る大鎌を備え付けた車たちよ、やって来い。情け容赦ない刈り手として、列をなしてやって来い。人間の種子を踏みつぶし、茎や穀粒も永久にできないようにしてやるのだ。根こそぎ引き抜く者たちの部隊よ、私の周りに集まれ。恐怖を与える申し分のないこけおどし、破壊をもたらす凄絶なるものよ、ここに来たれ。

（一人のアマゾン兵の手から大弓を摑み取る。革紐で繋がれた犬の群れを連れたアマゾン兵たち。少し後に象の群れ、松明、鎌付きの戦車などが続く）

プロトエ　魂の底から愛しい方。私の言うことをお聞き下さい。

ペンテジレーア　（犬たちに向かって）行け、ティグリス、今こそお前の力が必要だ。行け、レエーネ。行け、もじゃもじゃのたてがみのメラムプス。行け、狐をすばやく狩るアクレ。行け、スフィンクス。逃げる牝鹿に追いつき捕えるアレクトル。行け、猪さえも押し倒すオクス。行け、獅子にもびくともしないヒュルカオン。

（雷鳴が激しく轟く）

プロトエ　ああ。この方は正気を失っておられる——

連隊長1　女王は気が狂っている。

ペンテジレーア　（いろんな狂気の徴候を示しながら、ひざまずく。一方で犬たちがぞっとするほどの叫び声を挙げる）

アレスよ、私はあなたに呼びかける、恐るべきアレス、我が家の高貴なる創設者アレスよ。ああ——あなたの青銅の車を私のもとに降ろして下さい。そして町々の城壁も門も打ち砕いて下さい、殲滅の神よ、ここかしこの街路に割り込んで、今こそ、人間の列を次々と踏みにじって下さい。ああ――あなたの青銅の車を私のもとに降ろして下さい。私はその貝殻に象《かたど》った台に飛び乗り、手綱を摑んで戦場を駈けめぐり、黒雲から放たれる稲妻のように、あのギリシア人の頭上に舞い降りてやる。

（立ち上がる）

連隊長1　族長の皆様。

連隊長2　さあ。血迷ったこの方を止めて下さい。

プロトエ　お聞き下さい、偉大な女王。

ペンテジレーア　（弓を引きしぼりながら）はは、愉快だな。それでは、私の腕がまだ確かか試してみなければならないな。

（プロトエに狙いを定める）

プロトエ　（倒れながら）

神々よ。

巫女1　（急いで女王の背後に移動して）アキレスの声がする。

巫女2　（同じようにして）ペレウスの息子だ。

巫女3　ほら、あなたの後ろに立っていますよ。

ペンテジレーア　（振り向く）どこだ。

巫女1　彼ではなかったのか。

ペンテジレーア　違う。ここにはまだフリアイたちが集まっていない。ついて来い、アナンケ。

他の者たちも皆ついて来い。

（激しい雷鳴の中、全軍を連れて退場）

メロエ　（プロトエを助け起して）

恐ろしい人だ。

アステリア　さあ、お前たちも女王の後を追うのだ、乙女たちよ。

祭司長　（死人のように蒼ざめて）

永遠の神々よ、私たちの上にどんな運命を下そうとお決めになったのですか。

（全員退場）

第二十一場

アキレス、ディオメデス登場。少し遅れてオデュッセウス、最後に前場の伝令。

アキレス　頼むから聞いてくれ、ディオメデス。俺がお前に打ち開けたことは、くちやかましくて、いつも怒っているオデュッセウスには黙っていてくれ。あいつの口の周りの表情を見させられるのは、我慢ならない。気分が悪くなる。

ディオメデス　お前は伝令をあの女のもとに送ったのか、ペレウスの息子よ。そうなのか。本当なのか。

アキレス　分かった、話すよ――でも、一言も言い返さないでくれよ。いいな、一言もだぞ――半分はフリアイで半分はグラティア[96]のあの不思議な女は、俺を愛しているのだ。そして、ステュクスにかけてもハデス[97]にかけても誓うが、ヘラス中のいかなる女も眼中にないくらい――俺もあの女を愛しているのだ。

ディオメデス　何だって。

アキレス　そうだ。しかし、ただ、あの女は自分には神聖な定めがあると思い込んでいるんだ。それは、俺が闘ってあの女の剣によって倒されない限り、あの女は俺を愛で抱くことができない、という定めなんだ。だから俺は使いを――

ディオメデス　血迷ったな。

アキレス　この男は、俺には耳を貸そうとしない。この男は、これまでの自分の人生で、自らの青い目で直接見たものでない限り、この世に存在することが理解できないんだ。

ディオメデス　もしかしてお前は――いや、そんなことあるはずない、そうだろ。まさか、お前は――

アキレス　（しばらく間をおいて）――俺が何をやろうとしているんだって。俺がどんなとんでもないことをやらかそうとしている、と言うんだ。

ディオメデス　あの女を得るためだけに、お前はあの女に一戦を挑んだと言うのか――

アキレス　雲を揺さぶるクロノスの子にかけて断言するが、あの女は俺に何もしないさ。いざ決闘に臨めば、あの女の腕は、俺に向かって振り下ろされるよりも先に、自分の胸に怒りを向け、心臓から血を滴り落としながら、「勝った！」と叫ぶだろう——一月ぐらいの間は、あの女の思うようにしてやるつもりだ。一月か二月だな。それ以上にはならない。それぐらいの間、あの女に従っていたからといって、その間に長年海水に浸蝕されてきたコリントの古い地峡がお前たちを巻き添えにして陥没するというようなことは起こらないだろう——あの女自身の口から聞いたのだが、それくらい経ったら、放っておいても、俺はまた、荒野を駆ける野生の獣のように自由放免になるらしい。そこで、今度はあの女の方が俺について来るということになれば、ユピテルに賭けて言うが、俺は至福の男だ。俺の先祖たちの玉座に、あの女を座らせてやれるのだからな。

（オデュッセウス登場）

ディオメデス　こっちへ来てくれ、オデュッセウス。頼む。

オデュッセウス　ペレウスの息子よ。あの女王に果たし状を出したそうだな。何度も挑戦しては失敗し、我が軍の他の将兵と同様に、お前自身も疲れ切っているはずなのに、また無謀な企てを実行するつもりなのか。

ディオメデス　友よ、彼が今度やろうとしているのは、無謀な冒険とか合戦などというようなものじゃないんだ。彼は自らすすんで女王の捕虜になろうとしているんだ。

オデュッセウス　何だと。

アキレス （さっと顔に血がのぼってきた様子で）
頼むから、その面をあっちに向けてくれ。
オデュッセウス 彼はそのつもりなのか――
ディオメデス 聞いてくれ、本当にそうなんだ。あの女の兜を叩き割らんばかりに強く打ち込み、剣闘士のように、怒気を込めて睨みすえ、楯から火花が飛び散るほど激しく攻め立てた挙げ句、敗者となり、あの女の小さな足もとに黙々と横たわってやろう、と思っている。
オデュッセウス この男はこれで正気なのだろうか、ペレウスの息子ともあろう者が。おい、この男の言うことを聞いたか――
アキレス （自制するような調子で）
頼むから、上唇をちょこちょこ動かさないでくれ、オデュッセウス。公正なる神々にかけて言うのだが、それをやられると、俺にもうつってしまう。それが手の先にまで達して、拳骨がぴくぴく疼いてきそうだ。
オデュッセウス （荒々しく）火が燃え立つコキュトス[98]にかけて言うぞ。俺が耳にしていることは本当なのか、と訊いているんだ。こうなったら、テュデウスの息子[99]よ、お前に頼もう。俺に必ず真相を伝える、という誓いを立てて、俺がこれから尋ねることを、一つ一つ確認してくれ。こいつは女王に捕まりに行きたいというのだな。
ディオメデス お前が耳にした通りだ。
オデュッセウス テミスキュラへ行きたいと言ってるんだな。

ディオメデス　そういうことだ。

オデュッセウス　そして、この正気をなくした男は他の華やかなものに目が行ってしまって、ダルダノス城の前で繰り広げられているヘレネ争奪戦の方は放り出すつもりなんだな。子供が新しい遊びが面白くなって、古い遊びを急にやめてしまうように。

ディオメデス　ユピテルに誓って言う。その通りだ。

オデュッセウス　（腕組みしながら）——信じられない。

アキレス　こいつ、ダルダノス城の話をしている。

オデュッセウス　何だって。

アキレス　何だ。

オデュッセウス　お前が何か言ったような気がするんだが。

アキレス　俺が。

オデュッセウス　お前が。

アキレス　こいつ、ダルダノス城の話をしている、とは言った。

オデュッセウス　ああ、その話をしたよ。確かに俺はまるで何か憑かれたように訊ねたよ。ダルダノス城で繰り広げられるヘレネ争奪戦は、朝方の夢のように忘れられてしまったか、とな。

アキレス　（オデュッセウスに近付きながら）

ラエルテスの息子よ、たとえダルダノス城が地中に沈み、そこに青々とした湖ができあがり、かつて風見鶏が飾られていた尖塔が、齢老いた漁師が月の光をたよりに舟を舫《もや》うための杭となり、カマスどもがプリアモスの宮殿で我が物顔に振る舞い、ヘレネのベッドで蝶や鼠のつがいが交わるようになったとしても、俺にとっては大した違いではない。分かるか。

オデュッセウス　おいおい。どうやら奴は心から本気らしいぞ、テュデウスの息子よ。

アキレス　おい。ステュクスだろうと、レルナの沼だろうとハデスだろうと、天界と地界、あるいは、そのいずれでもない第三の世界だろうと、とにかく全てに賭けて言うぞ、俺は本気だ。俺はディアナの神殿を見たいのだ。

オデュッセウス　（アキレスにも聞こえるように）ディオメデス、もしその気があるのであれば、こいつを足止めしてくれ。

ディオメデス　その気は――あるつもりなのだがな。どうか、お前も手を貸してくれ。

（伝令登場）

アキレス　おお。彼女は来るのか。どんな返事だ。来るのか。

伝令　はい、ネレウスの孫殿、いらっしゃいます。もうこちらに向かっています。ただ、犬や象の群れ、更には狂暴な騎兵の一隊を引き連れています。そんなものを決闘の時にどう使うつもりなのか、私には分かりかねます。

アキレス　それでいい。あの国の慣習のせいだ。俺について来い――おお、永遠なる神々にかけて言うが、あの女はなかなか頭が回る――犬を連れていると言ったな。

伝令　そうです。

アキレス　それに象もだな。

伝令　見るだけでぞっとします、ペレウスの息子殿。トロイ城の前に陣取っているアトレウスの息子たちを襲撃するとしても、あれほど不気味な、おどろおどろしい武装で迫って来ることはないでしょう。

アキレス　（口ごもりながら）その獣どもも餌で手なずけられるだろう、多分な――俺について来い――ああ、獣どももあの女と同じように、なついてくる。

（従者を連れて退場）

ディオメデス　狂っている。

オデュッセウス　あいつに猿ぐつわをはめて、拘束しよう――分かったか、ギリシア兵たちよ。

ディオメデス　もうアマゾン兵たちがこちらに迫っているぞ――引け。

（一同退場）

第二十二場

真っ青な顔の祭司長。他に数人の巫女、アマゾン兵たち。

祭司長　乙女たちよ、綱を持っておいで。

巫女1　はい、祭司長様。

祭司長　あの女を地面に引きすえておきなさい。縛り付けるのです。

アマゾン兵の一人　女王のことですか。

祭司長　あの雌犬のことだ――もはや人間の手では彼女を抑えておくことはできない。

アマゾン兵たち　祭司長様、あなたは我を忘れておいでのように見えますが。

祭司長　あの女を引きとめようと私たちが遣わした三人の乙女を、怒り狂って蹴り倒したんだよ。メロエが膝をついてあの女の行く手をさえぎって、愛しい者たちの名前を次々に出して宥めようとしたのだが、あの女はメロエに犬どもをけしかけて追い立てたのだ。私が遠くからあの狂った女に近付こうとすると、憤怒に燃える視線をこちらへさっと走らせ、屈みこんだと思うと、すぐに両手で地面にあった石を抱えあげたのだ――群衆に紛れ込まなかったら、私も命を落とすところだった。

巫女1　ひどい。

巫女2　ぞっとしますね、皆さん。

祭司長　こうしている間もあの女は、犬どもに囲まれて猛り狂って口角泡を飛ばし、犬のことを、吠える姉妹と呼んでいるしまつだ。マイナデス[101]のように、弓を手にして戦場をぐるぐる踊り狂い、自分を取り巻く殺気だった犬の群れをけしかけ、あの女の言い方だと、この地上を歩き回っている野獣の中の最も美しいものを捕えようとしているのだ。

アマゾン兵たち　オルクスの神々よ、あなた方は女王に何という罰を下されたのでしょう。

祭司長　だから、アレスの血を引く娘たちよ、急いであの十字路に向かう途中に罠をしかけ、灌木でそれを覆って、あの女がそこに足を踏みいれるようにしなさい。あの女がそれに足をとられたら、怒り狂っている狂犬だと思って、ねじ伏せてしまうのです。あの女を縛りあげて故郷へ連れ帰ったうえで、まだ救いようがあるかを見てみよう。

アマゾン兵の一隊　（舞台裏から）勝利、勝利、勝利だ。アキレスが倒れた。英雄が捕虜にされたぞ。女王は勝利した女として、あの男の頭をバラの冠で飾るのだ。

（間）

祭司長　（喜びにむせぶような声で）今耳にしたことは本当だろうか。

巫女とアマゾン兵たち　誉れ高き神々よ。

祭司長　あれは歓喜の声ではなかったのか。

巫女1　祭司長様、勝鬨の叫びです。あんなに有頂天になって喜ぶ声は、まだ耳にしたこともないほどです。

祭司長　乙女たちよ、誰か行って、どうなったか知らせてくれないか。

巫女2　テルピ、急いで。あの丘に昇って、見たままを報告して。

一人のアマゾン兵　（その言葉が終わらない内に丘によじ登ると、驚愕した面持ちで）地獄の恐ろしき神々よ、証人として我がそばに降りて来たまえ——何という光景だ。

祭司長　さあ、それで——まるでメドゥーサでも見てしまったような様子だが。

巫女たち　何が見える。語れ。話すのだ。

アマゾン兵　ペンテジレーア様が猛り狂った犬どもに混じって転がり回っている、人の腹から生まれたあの方が、引き裂いている――アキレスの手足をばらばらに引き裂いている。

祭司長　ぞっとする。ああ、ぞっとする。

全員　恐ろしい。

アマゾン兵　こちらに向かっています。死骸のように蒼ざめ、この恐ろしい行為の謎を解く言葉が、もうじきこちらにやって来ます。

（丘から降りる）

第二十三場

メロエ登場。前場の人々。

メロエ　ああ、ディアナに仕える巫女たちよ、そして、マルスの真の娘たちよ、私の話を聞いてくれ。私はアフリカからやって来たゴルゴーン[102]だ。私に魅入られると、お前たちは、石のようにこちこちになって、今立っている場所から見動きできなくなるぞ。

祭司長　そんなに恐ろしい顔をして、一体どうしたのだ。話すのだ。

メロエ　お前たちも承知のように、あの方は愛する若者の方に引き寄せられていったのだ。こうなっては、あの方のことは何とも名付けようがない――若さゆえの官能の乱れに身を委ねたまま、あの若者を手に入れたいと思い焦がれながら、ありとあらゆるぞっとする武器で武装して、吠え立てる犬や象の群れに囲まれ、弓を手にしてあの方はやって来られた。全ての民を巻き込んで荒れ狂う戦争が、血まみれでおぞましい姿をした戦争が、恐怖をまき散らしながらやって来て、華やかに栄える町々の上に燃え盛る炎を振り回しても、あの方ほどに荒々しく、そして、おぞましく見えることはないだろう。我が軍の中で確かだと囁かれている話では、アキレスは、若さゆえの愚かさで、わざわざ負けてやるために、あの方に闘いを挑んだということだ。というのも、ああ、神々はなんと偉大なのだろう。あの男の方も、あの方の若さに心を動かされて、あの方を愛するようになり、ディアナの神殿まであの方のお供をするつもりだというのだ。甘い予感で一杯になって、あの男は戦友たちのことは放っておいて、あの方に近付いていった。しかし、あの方はというと、あのようにおぞましいものたちを引き連れて、憎しみに燃えてあの男に迫っていく。無邪気にただ恰好ばかり槍を一本小脇に抱えただけのあの男は、そんな恐ろしい様子で女王が自分に向かって来るのを目にしてぎょっとし、細い首をひねって、聴き耳を立てると、びっくりして走り出し、立ち止まってまたぎょっとして駈け出す、ということを繰り返した。深い谷間で、遠くから響いてくる猛り狂った獅子の咆哮を耳にした時の仔鹿のように、あの男は胸を重苦しくするような声で、「オデュッセウス!」と叫んだり、怯えて辺りをうかがいながら、「テュデウスの息子!」と悲鳴をあげたりしたのだ。そして味方のいる方へ逃げ帰ろうとしたのだが、既に我が軍の一隊によって退路を断たれていたので、途方に暮れて両手を上げると、不運な男は、黒々とした枝を重そうに垂らしている一本のトウヒの木陰に身を屈めて、隠れたのだ——そうこうするうちに女王は犬どもを従えて、猟師のように山や森を居丈高に見渡しながらやって来た。[103]そしてあの男が小枝をかき分け、彼女のもとにひれ伏そうとしたその矢先、あの方は、「ほら。身を隠したつもりの鹿の居場所が、突き出した角のせいで分かったぞ」と叫ぶと、弓を思い切り引き絞った。狂人の怪力によって、弓は両はじが接吻するほどにたわめられた。そして高く構え、狙いを定めて、射放った。矢は見事にあの男の首を射抜いた。あの男は倒れ、我が軍に荒々しい勝鬨の声が上がった。しかしそれでも、人間の中で最も惨めな男は、まだ絶命していなかったのだ。首筋から矢を長く突き出したまま、喉をぜいぜいわせながら立ち上がったかと思うと、ひっくり返り、またも起き上がって、逃げ出そうとしたのだ。しかし、その時既にあの方は、「かかれ、ティグリス。かかれ、レエーネ。かかれ、スフィンクス。メラムプス。ディルケ。かかれ、ヒュルカオン」と下知をとばして突進された——ああ、ディアナよ。犬の群れと一緒になって突進したのだ。あの男に飛びかかり、引きずり倒したのだ——兜の羽根飾りに手をかけて、大地が鳴り響くほどの勢いで引きずり倒すと、一匹の牝犬になりきり、犬の群れと共にあの男を襲った。一匹が胸に飛びつくと、他の一匹は首を襲う。あの男は血を流して真っ赤になってのたうち回りながら、あの方の柔らかな頬に触れると、こう叫んだ。「ペンテジレーア。俺の許婚。何をするんだ。これがお前が約束したバラの祭なのか」、と。ところがあの方ときたら。荒涼とした雪原を荒々しく吠えながら、獲物を求める飢えた牝の獅子でも、あの哀れな男に耳を傾けたであろうに、あの方ときたら、

彼の体から鎧をむしりとり、その白い胸に歯を突き立てたのだ。あの方と二匹の犬オクススとスフィンクスが、競い合うように、一方が右の胸に噛み付けば、もう一方が左の胸に噛みつくという具合に、噛み付き続けた。私が行った時には、あの方の口からも両手からも血がだらだら滴っていた。

（驚愕に満ちた間）

乙女たちよ、私の話を聞いた以上、さあ、今度はお前たちの番だ。何か語ってくれ。生きている証拠を見せてくれ。

（間）

巫女1　（巫女2の胸もとに泣き崩れて）

あの若き乙女が。ヘルミア。あれほど淑やかな方だったのに。何をやってもあれほど器用にこなされたのに。踊るにしろ、歌うにしろ、あれほど人の心を惹き付けたあの方が。知性と威厳と優美さに溢れていたのに。

祭司長　ああ、そんなものはオトレレが産んだ子ではない。ゴルゴーンが都の宮殿に潜り込んで、産み付けたのだ。

巫女1　（泣き続けながら）

あの方はディアナ神殿をかこむ森に住む小夜啼鳥《さよなきどり》から生まれたような人でした。樫の梢の上に、揺藍で揺すられるような面持ちで、座っておられた。笛を吹き、明るくさえずる。あの方の笛の音が、夜のしじまの中で響きわたると、旅人は遠くからでも耳をそばだて、いろんな思いで胸が一杯になるほどでした。足下で戯れている斑の地虫さえ踏み付けませんでした。猪に射かけた矢が、その胸に命中するのを目にすると、こんなことをしなければよかったと叫ぶような方でした。死を目前にして光を失って行く猪の目を見れば、あの方は後悔に苛まれ、獣の前にひざまずいたことでしょう。

メロエ　今やあの方は声もあげず立ち上がった。あの見るも恐ろしい女は、犬の群れが嗅ぎまわっているあの男の死骸のそばに立った。そして勝利を手にし、肩に弓をかけたまま、まるで何も書かれていない紙切れのように無心な様子で、無言のまま、無限の彼方を見つめたのだ。身の毛のよだつような思いをしながら、何ということをなさったのです、と私たちが尋ねても、あの方は黙ったままだった。私たちのことが分かりますか。何も答えない。一緒に参りませんか。やはり、黙ったまま。急にぞっとして、お前たちのところへ逃げて来たのだ。

第二十四場

ペンテジレーア――アキレスの遺骸が緋色の絨緞で覆われている。プロトエとその他のアマゾンの女たち。

アマゾン兵1　ほら、みんな、ごらんよ――あの恐ろしい方がこちらへ歩いておいでだ。月桂樹の代りに、さんざしの枯れ枝にからまれたいらくさをの冠をかぶって、不倶戴天の敵を屈服させ、心がはずんでしょうがない様子で、弓をしっかり肩にかついで死骸の後をついていかれている。

巫女2　ああ、あの両手は。

巫女1　そっちを見たらだめだ。

プロトエ　（祭司長の胸に倒れ込みながら）ああ、母上。

祭司長　（呆然として）ディアナよ、お願いです。こんなむごたらしいことになったのは、私のせいではありません。

アマゾン兵1　あの方は祭司長様の真正面に立っている。

アマゾン兵2　目で何か合図している、ほら。

祭司長　近付かないで。見るもけがらわしい、黄泉の国の住民よ。立ち去れ、と言っているのだ。お前たちのこのヴェールを、さあ、この女の顔にヴェールかけてやれ。

（自分のヴェールを引きちぎり、女王の顔に投げ付ける）

アマゾン兵1　ああ、生ける屍だ。全然動じていない――

アマゾン兵2　まだずっと、何か目で合図し続けている

アマゾン兵3　また、合図した。

アマゾン兵1　ずっと祭司長様の足もとに目をやっている。

アマゾン兵2　ほら、ごらん。

祭司長　どうしてほしいんだ。あっちへ行け、と言っているのだ。烏の餌食になればいいんだ、この亡者め。さあ、行け。野たれ死にしてしまえ。お前に見つめられると、私の心の安らぎが死んでしまいそうだ。

アマゾン兵1　ほら、どうしたいのか分かったぞ。

アマゾン兵2　やっと、落ち着いたようだ。

アマゾン兵1　ペレウスの息子の遺骸をディアナの祭司長様の足もとにおいてくれ、ということだったようだ。

アマゾン兵3　どうして、祭司長様の足もとにおかないといけないのか。

アマゾン兵4　それでどうするつもりなんだろう。

祭司長　私にどうせよというのだ。その死体を私の前においてどうするつもりなのだ。通う者がいない山中に隠してしまったらいい、お前がしでかしたことの記憶と共にな。お前に――もうお前は人間とは言えない、どう呼んだらいいのか――こんな残酷な殺し方をするように強要したのは、私だとでも言うのか。やさしく愛する気持からつい口に出た叱責の言葉が、こうしたおぞましい行為に至らせたというのであれば、フリアイに来てもらって、やさしさとは何か、私たちに教えてもらわないといけないだろう。[104]

アマゾン兵1　女王が祭司長様をずっと見つめている。

アマゾン兵2　真正面から顔を見つめて――

アマゾン兵3　何と言われても動じる様子もなく、祭司長様を心の奥まで見すかそうとでもするかのように——

祭司長　ああ、プロトエ、お願いだから、あの女の傍に行ってやって。行ってやりなさい。あの女を見ることにもう耐えられない。遠ざけなさい。

プロトエ　（泣きながら）辛い。

祭司長　心を決めなさい。

プロトエ　あの方がなさったことは、あまりにおぞましい。私のことはどうか放っておいて下さい。

祭司長　しっかりするのだ——あの女だって、人間の母から生まれたのだ——さあ、行って助けてやれ、そして連れ去れ。

プロトエ　あの方をこの目で二度と見たくありません。

アマゾン兵2　おや、今度は細い矢に見入っている。

アマゾン兵1　ぐるぐる回したり、矢先をいろんな方向に向けている——

アマゾン兵3　矢の長さを測っているようだな。

巫女1　どうも、あれはあの男を倒した矢のようだ。

アマゾン兵1　きっとそうだ、みんな、見てごらん。

アマゾン兵2　矢から血をぬぐいとっているようだ。ほら、血の痕を一つ一つ拭きとっている。

アマゾン兵3　何を思って、あんなことをしているんだろう。

アマゾン兵2　それにあの矢羽根。血を拭きとったり、毛先をもみほぐしたり、丸めたりしている。あんなに丁寧に。まるでそうするのが当然のように。ああ、見ろ。
アマゾン兵3　――あんなことをする習慣があったか。
アマゾン兵1　――今まであんなことを自分でやったことがあったか。
巫女1　矢と弓だったら、いつもご自分の手で磨いておられたが。
巫女2　ああ、ほんとに大事に扱っておられた。それは確かだ――
アマゾン兵B　でも今度は肩から矢筒をおろし、矢を元の場所へ戻している。
アマゾン兵3　あの方ももう終わりだ――
アマゾン兵2　そうなってしまったな――
巫女1　ああやって今一度世界に眼を向けているのだ――
数人のアマゾン兵　ああ、なんて無残な姿だ。草木が生える望みがない砂漠のように、何と侘しい光景か。大地のふところで沸き立って勢いよく噴き出す灼熱の溶岩の流れによって、その胸を飾る花々の最後の一本まで飲み込まれてしまった庭園でも、あの方の顔よりはまだ愛嬌がある。
ペンテジレーア　（一度ぶるっと身震いする。弓をとり落とす）
祭司長　本当にぎょっとさせる女だな。
プロトエ　（驚愕して）ああ、今度は一体何だろう。
アマゾン兵1　弓が手から落ちた。

アマゾン兵2　あの弓を見ろ、ふらふら揺れている――
アマゾン兵4　がらがら音を立てながら、ぐらついて、倒れた――
アマゾン兵2　もう一度地べたでびくっと動いたぞ――
アマゾン兵3　そして死んでいくんだ、かつて、タナイスのもとに王の記しとして生まれてきた時と同じようにして。[105]

（間）

祭司長　（急にペンテジレーアの方を向く）
偉大な我が主よ、お赦し下さい。ディアナはあなたに満足しておいでです。あなたは女神の怒りを再び和らげたのです。女人の王国を創始した偉大なるタナイスでさえ、この弓をあなたほどに立派に扱ったことはない、と認めねばなりません。
アマゾン兵1　沈黙したままだ。
アマゾン兵2　目が腫れている――
アマゾン兵3　血糊がべっとりついた指を揚げているが、一体何をしたいのか――ほら、ああ、見てごらん。
アマゾン兵2　ああ、ナイフよりももっと鋭く心をえぐる光景だ。
アマゾン兵1　涙をぬぐっておいでだ。
祭司長　（プロトエの胸に後ろざまに倒れ込みながら）ああ、ディアナよ。何という涙だ。
巫女1　祭司長様、あの涙は、人間の胸の奥に入り込み、感情の炎上を報せる早鐘を鳴り響かせ、「悲しい！」と叫び声をあげさせる涙です。感じやすく生まれついた者であれば、あの方の心が廃墟になっている様子に衝撃を受け、あの方の涙に誘われて泣き出すでしょう。そうやって溢れ出てくる皆の涙が合流して、湖となるでしょう。

祭司長　（厳しい表情で）こうなってしまうと、プロトエがあの女を助けてやろうとしなければ、苦しみ抜いた挙げ句に死んでいくだろう。

プロトエ　（内心でひどく葛藤している表情を見せる。ペンテジレーアに近付き、絶えず涙にむせかえって、とぎれとぎれの声で）

少し腰かけませんか、女王様。あなたに忠誠を誓うこの胸で少しお休みになりませんか。今日というこの恐ろしい日に、あなたは大いに奮戦しました。そして、多くの、本当に多くの苦しみをお受けになりました——あまりにも多くの苦痛に苦しめられました。忠実なるこの胸でお休みになりませんか。

ペンテジレーア　（椅子でも探すように、辺りを見回す）

プロトエ　何か座るものを持ってきてくれ。座りたがっておられるのが、見れば分かろう。

（アマゾン兵たちが一つの石を転がしてくる。ペンテジレーアがプロトエの手を借りて、その上に腰をおろす。そこにプロトエも座る）

プロトエ　私のことはお分かりでしょう、あなたのことは我が姉妹と思っています。

ペンテジレーア　（プロトエをじっと見、顔が少し明るくなる）

プロトエ　プロトエです。あなたをこんなに愛している私です。

ペンテジレーア　（プロトエの頬を優しく撫でる）

プロトエ　ああ、あなたという方は、心からあなたの前にひれ伏している私をどれほど感動させてくれることでしょう。

（女王の手に接吻する）

――きっと疲れ切っておられるのでしょう。ああ、愛しい方、あなたがこの手で成し遂げた仕事を、人はどう見ることでしょう。ええ、確かに、勝利というものは、きれいごとでは手に入らないものですし、どんな仕事場も、そこで仕事をする匠の流儀によって装いを変えるものです。でも、どうでしょう、そろそろ両手と顔をお洗いになっては――水を汲んで来ましょうか――愛する女王様。

ペンテジレーア　（自分の姿を見て、うなずく）

プロトエ　さあ。女王がお望みだ。

（水を汲みに出かけるよう、アマゾン兵たちに目で合図をする）

――きっとさっぱりして、元気になりますよ。そして、冷たい絨緞にゆっくり足を伸ばして、今日の大変な仕事の骨休みをなさいませ。

巫女1　この方に水をかけて差し上げる時は、気を付けないと。正気を取り戻されるかもしれないから。

祭司長　確かにそうだな、私は取り戻してほしいのだが。

プロトエ　それをお望みですか、祭司長様――私は正気を取り戻された時のことが心配です。

祭司長　（考えこんでいる様子で）何故。どうして――ただ、無理に正気にさせることはない。そうしないと、このアキレスの遺骸を――

ペンテジレーア　（祭司長の方にさっと視線を走らせる）

プロトエ　放っておいてさしあげよ。放っておくのだ――

祭司長　なんでもないのです、我が女王、なんでもない、なんでもないのです。あなたにとって万事このままであり続けるようにいたしましょう――

プロトエ　その刺の生えた月桂樹の冠[106]はおとり下さい。あなたが勝利を収めたことは、私たち全員が承知しているのですから。それから、胸元も開けて下さい――そう、そう。ああ、お怪我をされている、それもこんなに深く。おかわいそうに。このためにどれほど辛い思いをなさったことでしょうか――でも、そのおかげで、今やこうして勝利を手にしておられるわけです――おお、アルテミスよ。

（二人のアマゾン兵が、水で一杯の、大きな平たい大理石の水盤を持ってくる）

プロトエ　その水盤はここに置け――では、その若くつやつやした髪を濡らしてさしあげましょうか。驚かないで下さいね――何をなさるのですか。

ペンテジレーア　（起き上がって、水盤の前に倒れるように膝をつき、頭に水をかぶる）

プロトエ　おやおや。本当にお元気ですね、女王様――これですっきりしたことでしょう。

ペンテジレーア　（辺りを見回して）おお、プロトエではないか。

（また水をかぶる）

メロエ　（喜んで）口をきかれた。
祭司長　天に感謝しなくては。
プロトエ　よかった、よかった。
メロエ　ようやく私たちのところに帰って来られた。
プロトエ　すてきです。頭をすっかり水に浸せばいいですよ、愛しい方。そう、もう一度。そう、そう。若い白鳥のようだ――
メロエ　なんて愛らしい。
巫女1　あのうなだれているご様子。
メロエ　水が滴るままにしているところも。
プロトエ　――もう宜しいですか。
ペンテジレーア　ああ――なんてすばらしい。
プロトエ　それでは、私の横の席にお戻り下さい。巫女たちよ、急いでそなたたちのヴェールを貸してほしい。この方の濡れた髪をふいてさしあげたい。ほら、ファニア、お前のをくれ。テルピ、手伝ってくれ。姉妹たちよ、この方の頭と首をすっかり包んでさしあげよう。さあ、さあ――もう、席にお戻り下さい。

（女王をヴェールで包み、抱えるようにして席に座らせ、しっかりと胸に抱きしめる）

ペンテジレーア　これは、どういう気持ちなのだろう。
プロトエ　いい気持ちなのだと思います――違いますか。

ペンテジレーア （囁くように）うっとりする。

プロトエ 我が姉妹、愛する人、我が命。

ペンテジレーア ああ、教えてくれ――私はエリュシオンの楽園にいるのか。そなたは、私たちの気高い女王に仕える永遠に若いままの妖精の一人ではないのか。女王が樫の梢のざわめく音に囲まれて、水晶の洞窟に降りて行く時、女王のお世話をするというあの妖精ではないのか。ただ私を喜ばせようと、我が愛するプロトエの姿を真似ただけではないのか。

プロトエ 違います、私の最高の女王様。違う、違うのです。私ですよ。あなたを腕にとらえているのは、そして、ここであなたが見つめておられるのは、あなたのプロトエです。ここは、神々が遠く離れた所からただ見おろしている世界、移ろいやすい現世です。

ペンテジレーア そうか、そうなのか。それもいい。大いに結構。どうでもいいことだ。

プロトエ 我が主、どういうことです。

ペンテジレーア 私は満足している。

プロトエ 愛しいお方、お気持を話して下さい。私たちには分からないのです――

ペンテジレーア まだ生きているとは嬉しい。休ませてくれ。

（間）

メロエ 妙だ。

祭司長 なんという不思議な変化だろう。

メロエ うまくあの方から話を引き出せたとしても――

プロトエ　あなたが影たちの国に降りたったと思い込んだのは、一体何があったからですか。

ペンテジレーア　(しばらく間をおいて、恍惚とした様子を示しながら)我が姉妹よ、私は至福の中にある。いや至福を越えている。おお、ディアナよ、私はこのまま死んでもいいほど、生き切ったと感じている。もちろん、ここでこの身に何が起こったか私には分からない。でも、ペレウスの息子に打ち勝ったという確固とした信念を抱いて、私はすぐに死んでもいい。

プロトエ　(こっそりと、祭司長に)今の内に急いで遺骸を遠ざけましょう。

ペンテジレーア　(勢いよく立ち上がって)おや、プロトエ、誰と話しているの。

プロトエ　(遺骸の片付けを命じられた二人がぐずぐずしているので)行くんだ、何を血迷っているのだ。

ペンテジレーア　ああ、ディアナよ、それでは本当だったのか。

プロトエ　何ですか、何を本当かとお尋ねなのです。我が愛する方。――こっちへ。さあ、みんなこっちに寄って来るんだ。

(持ちあげられた遺骸を皆の体で隠すよう、巫女たちに合図する)

ペンテジレーア　(嬉しそうに両手を顔に当てる)聖なる神々よ、私は辺りを見回す勇気も持てないほどです。

プロトエ　何をしようとしておられるのです。何を考えておられるのです、女王様。

ペンテジレーア　(辺りを見回しながら)
　おお、愛する者よ、わざととぼけているのだな。
プロトエ　駄目です、世界の永遠の神ゼウスにかけて。
ペンテジレーア　(だんだん苛立ちをつのらせて)　神に仕える者たちよ、そこをどいてくれ。
祭司長　(他の女たちと一緒に押し合いながら)　愛する女王様。
ペンテジレーア　(立ち上がりながら)　おお、ディアナよ、何故私がそうしてはならないのか。おお、ディアナよ。彼は私のうしろに立ったこともあるというのに。
メロエ　御覧、見ろ。あの驚きに囚われた女王の様子を。
ペンテジレーア　(遺骸を運んで行くアマゾン兵たちに)
　止まれ。そこで何を運んでいるのだ。教えてくれ。そのままでいろ。
(アマゾン兵の間に割って入り、遺骸のところまで進んでいく)
プロトエ　ああ、我が女王。わざわざ確かめたりしないで。
ペンテジレーア　これは彼なのか、乙女たちよ、彼なのか。
運搬していた一人　(遺骸を下におろして)　誰のことをおっしゃっておられるのですか。
ペンテジレーア　――ありえないことではない、ということは分かる。もちろん、燕の羽であれば、その傷が癒えるよう加減して、飛べないようにすることができるし、矢を射かけて、牡鹿を狩場に誘い込むこともできる。しかし、弓矢の術は、そうした射手の思惑の裏をかく。幸福の心臓の真ん中を巧みに射抜こうとしている時、意地悪な神々が我々の手もとを狂わせる――私の矢は、射抜くべき彼の心に、近すぎる所で当たってしまったのか。言ってくれ、彼ではないのか。

プロトエ　ああ、オリュンポスの畏れ多き神々にすがってお願いします、どうか訊かないで下さい。

ペンテジレーア　どけ。たとえ彼の傷口が地獄の口となり、私に向かって大きく開かれるとしても、[107] 彼を見たいのだ。（かぶせてある絨緞を取り除ける）お前たちの誰がこんなことをしたのだ、なんと恐ろしい女たちだ。

プロトエ　この期に及んでまだお訊きになるのですか。

ペンテジレーア　ああ、アルテミスよ。聖なる方。これで、あなたの娘はおしまいです。

祭司長　倒れてしまった。

プロトエ　永遠なる天の神々よ。どうして私の忠告に従わなかったのですか。ああ、不幸なお方だ、こんな恐ろしい一日に出会うくらいなら、理性を日食のように曇らせ、いつまでもいつまでもいつまでも、あてどなく彷徨い続ければよかったのだ――愛しいお方、お聞き下さい。

祭司長　我が女王様。

メロエ　何万人もの心があなたと痛みを共にしています。

祭司長　お立ちなさい。

ペンテジレーア　（半身を起こして）ああ、この血の色をしたバラよ。ああ、彼の頭の周りの傷の冠。[108] ああ、まるで蕾が墓の匂いを撒き散らしながら地面に落ち、地虫たちの宴の肴にされるのを見るようだ。

プロトエ　（やさしく）でも、この男に冠をつけたのも、愛するゆえだったのではありませんか。

メロエ　ただ、あまりにもぎゅっと――

プロトエ　その愛が永遠に続くようにとの焦りから、棘のついたままのバラをぎゅっと強く巻き付けてしまったのです。

祭司長　そこを離れなさい。

ペンテジレーア　でも、私をさしおいて誰がこんな神をも恐れないやり方で彼に手を出したのだ、私はそれが知りたいのだ。生きている彼を殺したのであれば、誰がそうしたのかと敢えて訊かない。永遠にして高貴な神に誓ってもいい。その者は鳥のように自由に、私の手元から飛び去らせてやろう。私にとって死者であった彼を、殺したのは誰か、と尋ねているのだ。さあ、この疑問に答えてくれ、プロトエ。

プロトエ　我が主、どういうことですか。

ペンテジレーア　よく聞け。彼の胸からプロメテウスの火を奪ったのが誰なのか知ろうとは思わない。そんなことは知りたくない。知りたくないからだ。私の今の気持はこうだ。その者は許してやるから、どこへなりと逃げるがいい。でも、プロトエ、この強奪に際して、邪悪にも、開けっ放しの門を避け、わざわざ、雪と見紛うほど白いアラバスターの壁を破って、私の大事なこの神殿に押し入ったのは一体誰か。神の似姿ともいうべきこの若者の体をめちゃくちゃにし、生き返るのかこのまま朽ち果てていくのか、争う余地がないようにしたのは誰か。あまりのことに同情で涙を流すことさえできず、永遠の愛もその死に接して娼婦のように不実になり、顔をそむけざるを得なくなるほどのことを彼にしたのは、誰か。そのような輩は私の復讐の血祭りにあげてやる。言うのだ。

プロトエ　（祭司長に向かって）狂気に囚われているこの方にどうお答えしたら。

ペンテジレーア　さあ、教えてくれないのか。

メロエ　――我が女王、その苦痛が少しでもおさまるとお考えなら、誰なりとあなたの復讐の血祭りにあげて下さい。ここに立っている私たち全員は、いつでもあなたに身を捧げる用意がございます。

ペンテジレーア　口の利き方に気を付けろ。これまでのそなたたちの言い方だと、それをしたのは、やはり私だと言うことになる。

祭司長　（おそるおそる）不幸なお方、他の誰だとおっしゃりたかったのですか――

ペンテジレーア　光の天使の衣装を身にまとうお前は、地獄の主か、私にそんなことを言うなんて――

祭司長　ディアナよ、お助け下さい。あなたの周りにいる全員に確かめてごらんなさい。この男を射抜いたのはあなたの矢だったのです。それにしても、恐ろしいことです。矢が当たっただけだったらよかったものを。しかし、この男が倒れた時、あなたは荒れ狂う心のまま錯乱状態になり、連れていたすべての犬と一丸となってこの男に覆いかぶさり、襲いかかって――ああ、あなたがしたことを、口にしようとすると、この唇が震えます。訊かないで下さい。さあ、行きましょう。

ペンテジレーア　それについてはまず、私のプロトエの口から聞きたい。

プロトエ　ああ、我が女王。私に訊かないで下さい。

ペンテジレーア　何だと。私！　私が彼を――犬どもと一緒になって――この小さな手で彼を――愛によって膨らんでいるこの口を――ああ、まったく逆の目的に使ってしまったなんて、彼に対して――この口と手は、口が手を助けたと思うと、今度は手が口を助けるという風に、いつも楽しく助け合ってきたはずなのだが――

プロトエ　ああ、女王様。

祭司長　あなたに対して、お可哀そうに、と叫ばずにはいられません。

ペンテジレーア　違う。そんなことを私に信じさせるわけにいかないぞ。夜空に稲妻の文字でそうだと書き記され、雷鳴の轟きでそう聞かされたとしても、私はそのいずれに対しても、「お前たちは嘘つきだ」と叫び返してやる。

メロエ　そう信ずる心を山のようにしっかりと守り通して下さい。私たちは、それを揺るがす気などありません。

ペンテジレーア　――それにしても、彼が我が身をかばわなかったのは、どうしてなのだ。

祭司長　あなたを愛していたからですよ、最も不幸なお方。彼はあなたの虜になろうと、わざと降伏しようとしたのです。そのためにすすんで近付いて来たのです。そのために、あなたに果たし合いを挑んだのです。甘い平和の思いで胸を一杯にし、あなたの後に従ってアルテミスの神殿に詣でるつもりでやって来たのです。なのにあなたは――

ペンテジレーア　そうか、そうなのか――

祭司長　そのあなたは、彼に遭遇すると、

ペンテジレーア　彼を引き裂いた。

プロトエ　ああ、我が女王。

ペンテジレーア　あるいは、そうではなかったのか。

メロエ　恐ろしい方。

ペンテジレーア　私が彼を、死に至るまで接吻したのか。

巫女1　ああ、天よ。

ペンテジレーア　そうではないのか。接吻したのではないのか。本当に彼を引き裂いたのか。話してくれ。

祭司長　お可哀そうに、本当にお可哀そうに、と叫ぶしかありません。身をお隠しなさい。これからは、永遠の闇夜にあなたの身を包んでもらいなさい。

ペンテジレーア　――だとしたら、それは間違いだったのだ。接吻（Küsse）と噛みつき（Bisse）、韻が合うではないか[109]。心から愛する者にとって、二つは繋がっているのだ。

メロエ　永遠の神々よ、あのようになっているお方をお救い下さい。

プロトエ　（ペンテジレーアの腕を摑み）あちらへ。

ペンテジレーア　放っておいてくれ。放っておいて。

（プロトエの手をふりほどき、遺骸の前にひざまずく）

全ての人間の中で最も惨めな男よ、私を赦してくれ。ディアナに誓って言うが、私は言い間違えをしただけなのだ。口が先走ってしまうのを、うまく抑えられないのだ。でも今、どんなつもりだったのか、はっきり言おう。こうするつもりだったのだ。愛しい男よ、ただこうしたかったのだ。

（アキレスに接吻する）

祭司長　この女を連れて行け。

メロエ　この方をこれ以上ここにいさせるわけにはいきません。

ペンテジレーア　愛しい男の首にすがって、「愛している、こんなに愛してる、食べてしまいたいくらい愛している」と言ったものの、あとから自分の言葉を思い返し、そうした自分の言葉にうんざりして、むかむかしている女、そんな馬鹿女がこの世には何と多いことか。しかし、愛しい男よ、私はそんな振舞いはしなかった。そうだろう、愛しい人よ。お前の首にすがった時、私は本当に、言葉通りのことを実行したのだ。だから私は、見かけほど狂っていたわけではないのだ。

メロエ　恐ろしい方だ。何を言っているんだろう。

祭司長　この女をつかまえなさい。連れて行くのだ。

プロトエ　参りましょう、我が女王。

ペンテジレーア　（立たされるままに立ち上がる）

分かった、分かった。私はこうしてしっかり立っている。

祭司長　では、私たちについて来るのですか。

ペンテジレーア　お前たちにではない。お前たちはテミスキュラへ行って、幸福になればいい。もし、それができるならの話だが——誰にもまして、私のプロトエに——お前たち全員に——そして——お前たちにだけ、私の最後の言葉を伝えおく。他言するな。タナイスの遺骸の灰を空中に撒け。

プロトエ　で、あなたは。私の大事な姉妹は。

ペンテジレーア　私？

プロトエ　そうです。

ペンテジレーア　——プロトエ、お前には言っておこう。私は女人の国の法から自由となり、この若者について行く。

プロトエ　どういうことです、我が女王。

祭司長　不運な人だ。

プロトエ　あなたが望んでいるのは——

祭司長　あなたが考えているのは——

ペンテジレーア　何だ。勿論、そうだとも。

メロエ　ああ、天よ。

プロトエ　それなら一言だけ言わせて下さい、我が心の姉妹よ――

（ペンテジレーアから短剣をとりあげようとする）

ペンテジレーア　さあ、言え。おい、何だ――私の帯で何を探っているのだ――分かった、そういうことか。待て、すぐだから――お前が何のつもりか分からなかったのだ――ほら、短剣だ。

（短剣を帯から外してプロトエに渡す）

矢も欲しいのだろう。

（肩から矢筒をおろす）

さあ、ここに矢筒の中身をすっかりぶちまけよう。

（全ての矢を自分の前に振り落とす）

しかし、ある方向から眺めると、これらの矢は心を惹き付ける。

（再び二、三本拾いあげる）

だって、この矢なんか――そう思わないか。それともこっちの――そう、これ。確かにこれだ――まあ、どれでもいい。さあ、取れ。さあ、この矢全てをお前のものとして持っていけ。

（矢を一まとめにして抱えあげ、プロトエの両手に渡す）

プロトエ　お渡し下さい。

ペンテジレーア　さて、これから私はこの胸の中を、竪穴の坑道を下るようにして降りていき、鋼のように冷たい、私を破滅させる感情を掘り出すつもりだ。その鋼を私の苦悶の炎で浄化し、鋼鉄のごとく堅く鍛えよう。そうやって鍛えた鋼を、それに触れるものは焼けただれてしまう悔悛《かいしゅん》という劇薬にすっかり浸そう。それから、それを希望という名の永遠の金敷に載せ、研ぎ、先を尖らせ、短剣を作ろう。そしてその短剣にこの胸をこうやってさし出そう。そら。そら。そら。そら——もう一回——これでよし。

（倒れて息絶える）

プロトエ　（女王を抱きとめる）

死んでいかれる。

メロエ　本当に彼の後を追われた。

プロトエ　それで幸せなのだ。この世界にこのまま留まっているわけにはいかなかったのだから。

（ペンテジレーアを地面に寝かせる）

祭司長　ああ。人間とはなんと壊れやすいものでしょう、神々よ。ここに体を折り曲げて横たわっているこの女は、つい先ほどまで、人生の頂上にあって、どれだけ誇らしげに自らの若枝を風の中でざわめかせていたことか。

プロトエ　この方はあまりにも誇り高くあまりにも力強く花を咲かせ過ぎたため、かえって倒れてしまったのです。死にかけの樫の木は嵐の中でも立っているのに、かえって健康な樫の木の方がばりばり音を立てて、倒れてしまう。嵐が樹の冠に摑みかかってくるからです。

注

1 月の女神。アルテミスのローマ名。狩猟と貞節の女神でもある。弓を手にした処女として描かれることが多い。
2 ギリシア神話の英雄、ティリンスの領主。ホメロスの『イリアス』では、アキレスに次ぐ、ギリシア側の勇将の一人として登場する。
3 ギリシア神話の英雄。ヘレネの求愛者の一人。『イリアス』では、アキレスの親しい友人とされている。
4 軍神。アレスのローマ名。
5 太陽神で予言や音楽の神でもあるアポロンのこと。デロス島の生まれであることから来る呼称。
6 ゼウスこと。ゼウスは雷を武器とした。
7 ギリシア神話の英雄。ミュケナイ（ミケーネ）の王。その息子のアガメムノン（兄）はトロイ戦争のギリシア勢の総大将で、もう一人の息子メネラオスはスパルタ王で、ヘレネの夫。『イリアス』では、アガメムノンはアキレスと仲たがいし、それが原因でアキレスは一時戦線から離脱し、そのためギリシア勢は苦戦する。
8 アキレスが率いる神話的な民族。ゼウスによって、エーゲ海のアイギナ島で蟻から作り出されたとされる。蟻のように、主に対する忠誠が強いとされる。
9 スキタイ。中央アジア、黒海付近にあったとされる遊牧民族の国家、居住地域。
10 トロイの王。
11 小アジアのトロイ付近を流れる川。オケアノスとテテュスの間に生まれた神でもある。

12 トロイの王子。パリスの弟。

13 トロイの別名イリオスのラテン語形。ホメロスの作品名『イリアス』はこれに由来する。

14 ヨーロッパとアジア（トルコ）を隔てる海峡。ダーダネルス海峡。

15 河神スカマンドロスの子で、トロイの初代の王。

16 冥府を取り巻くとされる五つの川の一つで、死者の領域と生者の領域を区別するとされる。オリュンポスの神々以前の支配者であったティタン神族の一人で、神々を罰する権能を持つ女神でもある。オリュンポス山の神々は、誓いを立てる際、虹の女神イリスにステュクスの水を汲みに行かせる。神々はこの水を飲んで誓いを立てるが、誓いに背けば、一年間仮死状態に陥り、更にその後九年間オリュンポス山を追放され、十年目にやっと罪を許される、という。ステュクスの水は神聖とされ、この川の水に浸ったおかげで、アキレスの肉体は（アキレス）腱を除いて、傷つきにくくなったとされる。

17 アキレスのこと。

18 ギリシア人のこと。狭義には、ペロポネソス半島のアルゴス地方の住民のことだが、ホメロスなどによるトロイ戦争の叙述では、ギリシア人全体の呼称として使われている。

19 トロイ人のこと。ダルダノスは、ゼウスとプレイアデスと呼ばれる七人の姉妹の女神の間に生まれ、テウクロスの娘と結婚して、トロイ王家の先祖になった。

20 伝説のアマゾンの女王。軍神アレスとの間に、ペンテジレーアなどを産んだとされる。黒海のアレスの島に、アルテミスの神殿を築いた。

21 アキレスのこと。アイギナは、エーゲ海の島で、アテネに対抗したポリスの所在地。ギリシア神話では、アキレスが率いるミュルミドン人が集結して、訓練する場とされた。

22 ギリシア人のこと。エジプトからアルゴス地方に移住して、その地の王となったダナオスに由来する呼称。

23 古代ギリシアの地方。ギリシア半島（ギリシア本土）とペロポネソス半島を隔てるコリント湾北岸の山岳地帯。

24 ギリシア神話の軍神。戦争における破壊と狂乱を神格化した存在。

25 アキレスのこと。テティスはアキレスの母である海の女神。海神ネレウスの娘。

26 「オルクス Orkus」は元々、ギリシア神話のプルートーに相当するローマ神話の冥府の神の名前であったが、ドイツ語では、死者の国、深淵の意味でも使われる。

27 ミュケーネの王。ギリシア軍の総大将。過去にアキレスとの間に諍いがあった。

28 アガメムノンのこと。

29 ゼウスのローマ名。

30 オデュッセウスの父。

31 ラリッサは、ギリシア中部テッサリアの中心的な都市。

32 ペルガモン。小アジアの北西部ミュシア地方の都市。ギリシア軍は、最初トロイと間違えてこの地に上陸し、テレポス率いるミュシア勢と戦闘になる。アキレスとの闘いでテレポスは負傷するが、後に両者は和解し、ミュシア勢はギリシア勢をトロイまで道案内する。

33 戦の神アレス＝マルス。

34 ギリシア本土とペロポネソス半島を繋ぐ地峡。

35 アキレスの側近の一人で、彼が乗る戦車の馭者。

36 「冥府」を表わす〈Orkus（オルクス）〉という言葉が使われている。

37 鍛冶の神。ゼウスの雷や盾、アポロンとアルテミスの矢など、神々の武具を作った。トロイ戦争で、パトロクロスに貸していたアキレスの武具は、ヘクトルに奪われてしまったため、アキレスの戦線復帰に際して、母テティスがヘパイストスに頼み込んで、盾を始め新たな武具一式を作らせた。

38 復讐の三女神エリニュスの一人。

39 北アフリカのヌミディア地方（アルジェリア北東部）に居住するベルベル系の半遊牧民族。

40 アイトリア地方の北部ドロピア地方の住人を指す。

41 ゼウス。

42 海神ネレウスの孫であるアキレスのこと。

43 ギリシア神話の復讐の女神たち。元は、不特定の数であったが、後に、アレクト、ティシポネ、メガイラの三女神に整理された。

44 矢のこと。ペンテジレーアの射かけてくる矢に、実は「愛の矢」という意味が込められていると解して、「仲人役 Brautwerber」に例えている。

45 「枕」を意味するドイツ語〈Kissen〉の古い綴り。〈Kissen〉は方言的な発音であったが、「キス」を意味する〈Küssen〉との混同を避けるため、こちらの方が標準語化した。クライストは、「キス」との繋がりを連想させるため、意図的に古い語形を使っていると思われる。

46 小アジアの北東、黒海沿岸の都市。ギリシア神話では、アマゾンの都市とされる。

47 ディアナのギリシア名。

48 軍神マルス（アレスのローマ名）の子孫であるアマゾン族のこと。

49 ギリシア人。

50 トロイ戦争のギリシア側の英雄。当初戦争に参加するのを嫌がっていたオデュッセウスを翻意させるために策略を用いた。

51 ギリシアのペロポネソス半島中央部の地域。

52 ギリシア神話では、糸杉の冠は喪と死を象徴する。アポロンが愛した少年キュパリッソスが、仲が良かった牡鹿を誤って槍で殺してしまったことを嘆き悲しみ、永遠に嘆き悲しみ続けられるように神々に祈った。それによって彼は糸杉に変えられた。

53 アッティカ半島、アテネの南東に位置する山。

54 ここで使われている〈Sehne〉の基本的な意味は、身体の「腱」あるいは「筋」であるが、弓の「弦」という意味もある。これまでの場面での両義的な使い方から分かるように、「弓」は「愛の弓」でもある。クライストはここで三重のメタファーを用いている。

55 古代エジプトの神殿等に建てられた記念碑的な搭。

56 ここではマルスが、バラの祭を主宰する神として引き合いに出されている。

57 「愛」を意味するラテン語。ここでは、愛の神キューピッドがイメージされている。

58 ギリシア。

59 アキレスのこと。

60 太陽を、アキレスと重ね合わせてイメージしたため、両者を混同しかけている、と考えられる。

61 トロイの南東の山。パリスが羊飼いとして働き、三女神の争い（後述）の審判役を務めたとされる山。トロイ戦争の時には、戦況を見るためにオリュンポスの神々が集まったとされる。

62 ギリシアのテッサロニケ地方の山。南方にペリオン山、北方にオリュンポス山がある。

63 ギリシア神話の巨人族。

64 ギリシア神話で、巨人アロアダイは、神々に闘いを挑むべく、天に届く道を作ろうとして、オリュンポスの上にオッサ山を重ね、その上に更にペリオン山を積み重ねたが、アポロンによって討ち取られた。ギガンテスは、天空の神ウラノスが息子クロノスによって男性器を切り取られた際、そこから滴り落ちた精液によって大地の女神ガイアが身ごもって産んだとされる一族。恐らくペンテジレーアは、数行前にプロトエが口にした「巨人」やアーチの「要石」といった言葉から、アロアダイの神話を想起して、その連想から錯乱しているのだろう。

65 太陽神。

66 この「いずれの意味でも in jedem Sinne」という表現から、アキレスが、「弓」に二つの意味があることに自覚的であることが伺える。

67 ギリシア神話の冥界の神。

68 恐らく、キリストがゲッセマネの祈りで、「この杯を私から過ぎ去らせて下さい」と言った時の、「杯」を念頭に置いている。

69 ヘクトル。トロイ方の大将。アガメノンとの仲違いでアキレスが不在の間、ギリシア陣営を攻撃して、窮地に追いやる。

70 ジブラルタル海峡の入り口にある岬。十二の試練の一つに立ち向かうため道を急いだヘラクレスが、アトラス山を破壊したことによって、ジブラルタル海峡が出来たという神話に基づく。

71 アルゴス地方の最初の王。

72 ギリシア神話における復讐の女神エリニュスの別名で、「慈愛の女神」を意味する。「エリニュス」の名を口にするのが憚られるため、わざと逆のニュアンスの名称を使っていたとされる。このことは、復讐と慈愛が表裏一体で、一方から他方へ変化する可能性があることを示唆する、と解釈できる。

73 「蕚」を意味する〈Kelch〉という言葉は、「杯」、特にキリスト教の「聖杯」を意味する。注68も参照。

74 ギリシア神話における結婚の祝祭の女神。「賛美の歌」あるいは「処女膜」を意味する〈Hymne〉(ドイツ語)は、この女神の名前に由来する。

75 キューピッドのイメージ。

76 作品全体を通して、バラは女性の性器を象徴していると考えられるが、特にこの場面でペンテジレーアはバラという言葉から、直接的に自分の性器を連想していると考えられる。

77 ギリシア神話における季節と一日の各時間を司る女神。季節の女神として三人であるが、それぞれの名前にかなりバリエーションがある。四人の場合もある。一日の時間帯を司る神としては、人数も九人、十人、十二人とばらけている。

78 ヘクトルのこと。

79 ヘパイストス（ローマ名ヴァルカン）は火の神でもある。

80 ギリシア神話で、白鳥は死の直前に奇跡的な美しい声で歌うとされている。白鳥は、音楽と調和の神アポロンに仕える聖なる鳥とされている。ここから、芸術家などの最後の作品を、「白鳥の歌」と形容するようになった。ソクラテスも、魂の不死をテーマにした『パイドン』で白鳥の歌に言及している。

81 復讐の女神エリニュスのローマ名。

82 プロメテウスの子。地上の人間の暴虐に憤ったゼウスが、地上の人間を洪水で絶滅させようとした時、彼は父プロメテウスから警告を受けていたので、箱舟を作り、妻ピュラーと共に乗り込み、難を逃れた。洪水が収まった後、人間を新しく生み出してほしいとゼウスに祈願したところ、汝の母の骨を背中の後ろに投げよ、との啓示を受けた。デウカリオンは、母の骨とは大地の女神ガイアの骨格とも言うべき石だと解し、ピュラーと共にこれを実行し、新しい人間を生み出した。

83 「種」を意味する〈Samen〉は、「精子」を意味する言葉でもある。若者の身体の集合的な動きを形容する「種」という言葉が、彼らの体から将来放出されることになる「精子」をも寓意的に表現している。

84 神々の女王ヘラ、知恵の女神アテナ、美の女神アフロディテの三女神の内の誰が最も美しいかをめぐる争いで、審判役に指名されたトロイの王子。ペレウスとテティス（アキレスの両親）の婚姻に、神々の中で一人だけ招かれなかった女神エリスが、この中で一番美しい方にといって、金の林檎を宴席に投げ入れたのが、争いの発端。最も美しい人間の女を与えようと約束したアフロディテを勝者としたことで、パリスは（メネラオスの妻であった）ヘレネを手に入れ、トロイに帰国したが、それがトロイ戦争の原因になった。

85 アガメムノンとメネラオスのこと。

86 トロイ側のリュルネソスの領主の妻であったが、リュルネソスをアキレスが陥落させた後、捕虜となり、彼の戦地妻となっていた。アポロンの神官の娘クリュセイスを捕虜にしていたアガメムノンが、アポロンの怒りを買ってギリシア勢にかけられた呪いを解くため、クリュセイスを解放せざるを得なくなった時、代償として、アキレスのもとにいたブリセイスを彼から奪った。これが両者の仲たがいの原因になった。

87 アキレスの友人で、（アガメノンとの仲たがいのため戦線離脱していた）彼の鎧を着て身代わりとして、トロイの王子ヘクトルと闘い、殺される。

88 アキレスは、親友パトロクロスを殺したヘクトルを討ち取った後、彼の死骸を戦車に結わえ付け、何日にもわたって引き回しにした。それを見て悲しんだヘクトルの父プリアモスは、身代金をもって密かにアキレスの陣営を訪れ、涙ながらに訴えて、アキレスの心を動かし、ヘクトルの遺骸を返還してもらう。

89 ギリシア神話における死後の楽園。

90 オリュンポスの神々の前から存在していたティタン神族の一人。ゼウスを欺いて人間に火を与えたため、コーカサス山の山頂に磔にされ、日ごとに鷲に肝臓を啄まれるという刑を受けた。

91 ギリシアのテッサリア地方の最南部に位置する都市。アキレスの祖父アイアコスによって創設された。ミュルミドン人のホームグラウンド。

92 ゼウスのこと。

93 月の女神であるアルテミスの象徴。

94 ギリシアのテッサリアに居住したとされる神話上の民族。多くの英雄を輩出した。

95 雷鳴が轟いたことから、祭司長は雷神ゼウスの怒りを怖れていると思われる。

96 美と優雅を司る女神たちの呼称。ギリシア名はカリス。

97 冥府の神としてのハデスを指す場合も、冥府そのものを指す場合もある。

98 冥府を取り囲むとされる五つの川の一つ。

99 ディオメデスのこと。テュデウスは、アイトリア地方のカリュドンの王の息子で、オイディプスの息子ポリュネイケースが、故郷であるテーバイの町を攻めた際、彼に加勢したテーバイの七将の一人。

100 レルナはペロポネソス半島北東部の都市アルゴスに近い湖沼の多い地域。その沼の一つに九つの頭を持つ水蛇ヒュドラが住んでいたとされる。八つの首は切り落とされてもすぐに再生するし、真ん中の首は不死身である。ヘラクレスは十二の試練の一つとして、この怪物を倒す。

101 酒神ディオニュソスを信奉する女性の狂信者たち。ディオニュソスを敬わない者を残虐に殺害することで知られる。

102 ゴルゴーン三姉妹は元々、リビアの神的存在だったとする説がある。

103 この箇所では、アルテミスとアクタイオンのエピソードが反映されていると思われる。狩りの途中、(アマゾン族の神である) 月の女神で処女神であるアルテミスが水浴びをしている場面を目撃したアクタイオンは、犬に変えられ、自分の犬たちに追われて食い殺される。これにエウリピデスの悲劇『バッカイ』におけるペンテウスのエピソードも重なっていると思われる。バッカス (ディオニュソス) の女性信者の集団 (バッカイ＝メナイデス) の信仰がテーバイの地に広がるのを好まなかった同地の王ペンテウスは、彼女たちが淫らなことをやっていると考え、弾圧した。命令に反して集会を開いていたバッカイたちの様子を探るため、近くの木に登った。彼女たちの儀礼を見てしまったため、彼を獣と取り違えた実の母と叔母によって、八つ裂きにされてしまう。彼の祖父で先代の王であるカドモスは、神に対抗しようとする彼の傲慢を心配し、アクタイオンの故事を引き合いに出して諌めている。

104 復讐の女神フリアイは、「エウメニデス」と呼ばれる、慈愛の女神でもある。

105 第十五場で、ペンテジレーアが語るアマゾンの創設神話で、戴冠の時に弓が鳴り響いたというエピソードに対応している。

106 〈der Lorbeer, der dornige（棘の生えた月桂樹の冠）〉という表現は、恐らく、キリストの「茨の冠 die Dornenkrone」を暗示している。

107 西欧中世における神明裁判の一種。殺人者を突き止めるための方法として、容疑者を死者の前に立たせ、死者の体からの流血があれば有罪と見なす、「流血の法 ius cruentationis」と呼ばれるものがあった。ゲルマン系の法が起源で、ドイツ語圏では、一八世紀半ばまで行われていたとされる。ドイツ語で〈Bahrprobe（棺台の試練）〉あるいは〈Bahrgericht（棺台裁判）〉という。『ニーベルンゲンの歌』では、ジークフリートの死に際して、彼の妻であるクリームヒルトが〈Bahrprobe〉を行ったところ、殺害者であるハーゲンが遺体に近寄ると、傷口から血が噴き出したという記述がある。クライストは、これを念頭に置いて、殺害者が恋人自身であるというアイロニカルな状況を設定していると思われる。『ニーベルンゲンの歌』におけるブリュンヒルト（アイスランドの女王で、クリームヒルトの兄であるブルグントのグンテル王の妻）とジークフリートの関係が、『ペンテジレーア』におけるペンテジレーアとアキレスの関係に反映されているという指摘もある。

108 アキレスの頭の傷によってできた冠も、キリストの茨の冠を暗示しているかもしれない。

109 「キス」を意味する〈Küssen〉は方言によっては〈Kissen〉――「枕」を意味する単語と同じ発音――と発音することもあり、「噛むこと」を意味する〈Bissen〉と韻が合っている。

解説

仲正昌樹

一　『ペンテジレーア』という作品

『ペンテジレーア』（一八〇八）は、ギリシア神話に登場するアマゾンの女王ペンテジレーアを主人公とした、一九世紀初頭に活動したドイツの作家ハインリヒ・フォン・クライスト（一七七七－一八一一）の戯曲、悲劇である。ギリシア神話を素材としているが、クライストの問題意識を反映してかなり換骨奪胎されている。トロイ戦争を描いた古代の叙事詩『アイティオピス』や『トロイ戦記』等では、ペンテジレーアはアマゾンの軍を率いてトロイ側に立って参戦し、アキレスと闘って敗れ、殺されたことなっている――それが遠因で、アキレス自身も後に死ぬことになる。

「アマゾン」というのは、日本のサブカルでは「アマゾネス」という呼称で知られる、女性だけからなり、高い戦闘力・機動力を誇ったとされる伝説の部族である。アメコミのヒロインのワンダーウーマンも、この部族の出身ということになっている。この戯曲では、ギリシア神話通り、黒海とカスピ海の間に挟まれたコーカサス地方に居住し、テミスキュラが中心都市であるという設定だが、その歴史、信仰、習俗は、ギリシア神話だけなく、キリスト教の聖書や北欧神話なども素材としたクライストによる創作である。

クライストは二人の闘いの〝勝敗〟を逆転し、かつ、「アマゾン」を、ギリシア側でもトロイ側でもない、両陣営とは異質な目的を追求する第三の勢力として設定し直した。そうした舞台設定のうえで、二人の間の「愛＝戦争」の物語を描き出している。「戦争ゆえの愛の悲劇」というのは、ある意味、ありふれた文学的モチーフだが、クライストは「性」と「戦争」が不可分に結び付いた「アマゾン」の文化を想像することで、「性（愛）」と「戦争」が、人間にとって何を意味するか改めて考えるよう、近代人的な常識に囚われている読者や観客に促す。

最後の場面に近付くにつれ、「性（愛）」と「戦争」の深い繫がりが露わになり、全てを混沌に引き込んでいく「狂気」が垣間見えてくる。結末における「狂気」というのも、ある意味、悲劇の定番だが、この作における「狂気」は単なる最後を飾るためのデコレーションではない。作品の冒頭においてすでに、近代人の目から見れば「狂気」としか言いようのない異様な状況が、ペンテジレーアとアキレス、アマゾンとギリシアの遭遇によって既に生じている。クライストは、劇の進行、異なった立場や世界観を持つ登場人物たちの間の（ディス）コミュニケーションの相乗効果の積み重ね——一九世紀以降のドイツ哲学の用語で言えば、「弁証法」——によってそれが顕在化していくプロセスを、極めて精緻に描き出そうとしている。そこに、多くの思想家を惹き付け、かつ、脅威を覚えさせたこの作品の魅力がある。

二 クライストという作家

作品の構造やモチーフを分析する前に、作者クライストの文学史的な位置について解説しておこう。年代から言うと、クライストは、作曲家でもあるE・T・A・ホフマン（一七七六－一八二二）、『影をなくした男』（一八一三）で知られるシャミッソー（一七八一－一八三八）、民謡集『少年の魔法の角笛』（一八〇六－一八〇八）を刊行したクレメンス・ブレンターノ（一七七八－一八四二）とアヒム・アルニム（一七八一－一八三一）など、ドイツ・ロマン派の最盛期を担った作家たちと同世代に属する。「ドイツ・ロマン派」というのは、簡単に言えば、レッシング（一七二九－八一）、ゲーテ（一七四九－一八三二）、シラー（一八五九－一八〇五）等によって確立されたドイツ的な古典主義を乗り越えて行こうとする、次世代の運動である。

それまで英国やフランスに比べて、文学的な後進地域だったドイツ語圏において、ゲーテたちは、ドイツ語の特性を生かした表現様式を探究し、誕生しつつあった市民社会の現実と理想を描き出すことを、近代文学の課題として設定した。その偉大すぎる先輩たちに対抗して新しいものを生み出そうとする模索の中で、市民社会的な秩序や合理性からはみ出すもの、神話や伝承の世界に見られる神話的・共同体的想像力に着目し、自らの創作の原理にしようとしたのがロマン派である――こうした事情については拙著『［増補新版］モデルネの葛藤』（作品社）を参照。

大ざっぱなドイツ文学史の本だと、クライストもロマン派に分類されていることが多い。

『ペンテジレーア』や、これと並んで有名な彼の戯曲『アンフィトリオン』（一八〇七）のように神話を素材にした作品や、中世を舞台にした作品もあるので、ロマン派的に見えなくもない。しかし専門的な文学史だと、ハイデガー（一八八九－一九七三）経由でポストモダン思想に強い影響を与えたヘルダリン（一七七〇－一八四三）とクライストという、ロマン派世代で最も影響力のある二大作家は、狭義の「ロマン派」から外されていることが多い――ヘルダリンについては、拙著『危機の詩学』（作品社）を参照。

彼らの作品を、ノヴァーリス（一七七二－一八〇一）やホフマンなど典型的なロマン派とされる作家のそれを実際いくつか読み比べてみると、確かに違うと感じられるところもあるのだが、その違いを明晰な言葉で言い表すのはドイツ文学の専門家にも結構難しい。私の見解では、ロマン派が、「ロマン主義的想像力」を駆使して、社会的現実から遊離した幻想的な空間を作り上げようとするのに対し、ヘルダリンやクライストは、現実の生の中で急にぽっかり口を開けるかもしれない深淵、人間を破滅させる「狂気」を直視し、描き切ろうとした。現実から目を背けるために神話や伝説の世界に逃避するのではなく、私たちの日常的な常識、市民的な安心感に由来する先入観を弱め、「狂気」の発現する状況について純粋に考えるため、そうした舞台を利用しているのではないかと思える。

因みに、フランス現代思想において、近代人の抱える狂気の深層を鋭く描き出し、ポスト精神分析的な問題を提起した文学者として、ドイツ語圏の四人が引き合い出されることが多い。ヘルダリン、クライスト、ゲオルク・ビュヒナー（一八一三－三七）、カフカ（一八八三－一九二四）

の四人である。四人とも、生前はドイツ文学のメインストリームになることはなく、死後、哲学的に再評価されている。

クライストの小説『チリの地震』（一八〇七）や『サント・ドミンゴでの婚約』（一八一一）、『ミヒャエル・コールハース』（一八〇八）、戯曲『シュロッフェンシュタイン家』（一八〇四）などでは、政治的・社会的極限状況に置かれた登場人物が破壊的な暴力衝動に囚われたり、精神崩壊へと追いやられる過程が描かれている。『ホンブルクの公子フリードリヒ』（一八一〇）では、二つの立場に引き裂かれ、現実と夢の区別が曖昧になっていき、白昼夢を見ているかのような主人公の不安定さがクローズアップされる。実存主義や精神分析を先取りしているかのようにさえ見える。ホフマンなど一部のロマン派の作家も、人間の意識の底に潜む、救いようのない暗い混沌とした部分を描いているが、彼らが一般読者を楽しませるエンターテイメント・童話的な要素を多く盛り込み、悲劇的な構造をそれ自体としてあまり際立たせないのに対し、クライストは極めて直截に、秩序と理性を破壊せずにはおかない無意識の暴力を追究する。

同世代のロマン派の作家たちと同様に、クライストも、人間は自律した理性の主体ではなく、周囲の環境、他者との関係性、身体に生じる情動などの外的要因、特に言語によって影響される、という人間観を前提にしていた。和辻哲郎（一八八九－一九六〇）の風土論に影響を与えたことで知られるヘルダー（一七四四－一八〇三）は、言語に集約される各地域の自然環境や文化が、そこに生きる人々の性格を規定するという論を展開していた。その影響を受けた文学者たちは、言語が人間の運命を翻弄する、というモチーフを取り入れるようになった。本文を見れば分かるように、『ペンテジレーア』にも、そうしたモチーフは見て取れる。

問題は、言語が人間をどこに連れていくかである。ヘルダーやゲーテは、言語を人格形成＝教養（Bildung）の普遍的媒体と見なした。ロマン派の作品には、言語が人間を世界や人生の秘密に通じるという設定のものが少なくない。クライストにおいて言語は一見コミュニケーションの手段に見えて、実はその裏で、回復しがたいディスコミュニケーションを生み出し、登場人物たちを、自らの内なる原初の暴力と遭遇させる。

そうしたクライストの言語思想の特徴を端的に示す論文に、彼の死後発見された「語りながら次第に思考を練り上げていくことについて」がある。タイトル通り、人が何かを語る際、最初から語りたいことが固まっているわけではなく、語っている内に次第に結論が決まってくることを指摘する論である。しかも、そうした思考の形成はゆっくりと冷静に進んでいくわけではなく、語りかけている相手の表情や仕草、周囲の突発的な出来事に左右されることが多い。この中で彼は、一七八九年六月二十三日に、フランス革命直前の国王臨席の三部会でミラボー伯爵に起こったことを想像している。

その六日前の六月十七日には、国王や貴族・聖職者階級との対立を深めていた第三身分（平民）の議員たちとそれに同調する他の身分の議員の一部が、第三身分を中心とする「国民議会」を新たに設立する宣言をしていた。二十三日の臨席会議で、国王は、宣言の無効を言い渡し、議員たちに身分ごとの会議に戻るよう命じている。この時、自らは貴族でありながら平民の代表として議席を得ていたミラボー（一七四九－九一）は、革命のきっかけとなる有名な言葉を発した：「私たちは人民の意志でここにいるのであり、銃剣の力によって出て行くことはない（Nous sommes ici par la volonté du peuple et nous n'en sortirons que par la force des baïonnettes.）」。その時のミラボーの語りの過程で起こったことを想像したのである。『ペンテジレーア』の理解の参考になる重要な箇所なので、少し長めに引用しておこう。臨席会議が終わった後もしばらくその場に残っていた第三身分の代表たちの所に、式部官長が戻って来るという舞台設定である。

彼は王の命令を聞いたかと尋ねた。「さよう」、とミラボーは答えた。「私たちは王の命令は聞きました」――この人間的な出だしの段階では、彼は、「銃剣」という言葉で締め括ることになるとはまだ分かっていなかった、と私は確信する。「はい、閣下」と彼は繰り返した。「私たちは聞きました」――彼がまだ自分が何を望んでいるのか、本当のところ分かっていないのが見て取れる。「しかし何の権限であなたは」――と語り続けたところで、突然彼に恐るべき想像の源泉が生じた――「私たちに命令を告げるのか。私たちは国民の代表である」――これこそが彼が必要としていた言葉だった――「しかるに国民は命令するが、いかなる命令も受けはしない」――思い上がりの頂点に達して、舞い上がる一歩手前だ。「そういうわけで、私は貴殿に対し、私の思うところをはっきりお伝えしておこう」――そして今や彼は、自らの魂が示そうと身構えていた抵抗の意志を全面的に表現するための言葉を見出した。「だからあなたの王様にお伝え下さい。銃剣によらない限り、私たちは私たちの場所を去ることはなかろうと」――このように語った後、彼は自己満足した様子で一つの席に腰を下ろした。

このミラボーに生じた閃きを、クライストは「雷神の矢（稲妻）Donnerkeil」と表現している。この言葉は、『ペンテジレーア』では三か所で使われている。第一場のオデュッセウスの台詞「雲を揺さぶる雷神が雷を落として…der Wolkenrüttler/Mit Donnerkeilen nicht dazwischen wettert:」、第八場の連隊長の台詞「雲の帳を引き裂く二つの稲妻…zween Donnerkeile,/Die aus Gewölken in einander fahren;」、第二十場でのペンテジレーアの台詞「黒雲から放たれる稲妻のように、あのギリシア人の頭上に舞い降りてやる Und wie ein Donnerkeil aus Wetterwolken,/Auf dieses Griechen Scheitel niederfalle!」の三か所である。雷神ゼウスを引き合いに出しての比喩的な表現が、ペンテジレーアとアキレスの戦闘シーンを形容する表現に転用され、更にペンテジレーアの自己描写に転用されているわけであるから意味深だ。『ペンテジレーア』において、ゼウスあるいはユピテル、その象徴である「雷」に関する表現が頻繁に使われていることや、〈Donnerkeil〉が、この作品の中心的なメタファーである「（愛の）矢」を連想させることも考え合わせると、二つのテクストは深いところで共鳴しているように思える。

論文からの引用をもう少し続けよう。

式部官長のことを考えると、彼はこの一幕において、完全に精神的に破綻してしまったのではないかと想像できる。この破綻は、電気状態ゼロの物体が、電気を帯びた物体の力の圏内に入ると、突然それと反対の電気を帯びるのと似た法則に従って起こったのだろう。そうやって帯電した物体の中では、相互作用を通して、内在する帯電の度合いが繰り返し強まっていくように、我らが演説者の勇気は、相手の否定によって、最も大胆な興奮へと移行していったのである。恐らく、こういう風にして、上唇の引きつりとか、袖口をいじる妙な仕草のようなものが、フランスにおける事物の秩序の崩壊をもたらしたのであろう。

こういう場面を私たちは日常的に頻繁に経験している。別に喧嘩するつもりなどなかったのに、相手の顔を見ながらしゃべっている内に、何故か刺激的な言葉を口にして、修復不可能な大喧嘩をしてしまった。逆に怒ってやるつもりだったのに、相手が無反応なので拍子抜けして、うやむやになった……。恐らく、無意識の内に相手の表情や仕草、周囲の雰囲気——日本語で「空気」と呼ばれるもの——を勝手に読み取って、それに合わせて反応しているのだろう。それはある意味織り込みずみのことである。

問題はそれがフランス革命のような事態にまで発展するかである。多くの人は、さすがに国家レベルの決定がなされる場面では、いろんな制度によって、常識を逸脱するような〝読み違え〟——〝正しい読み〟があるのかがそもそも疑問ではあるが——は抑制されるはず、と考えるだろう。しかし、果たして、そう言い切れるのか。昨今の日本やアメリカの政治関連報道を見ていると、重要な決定が、クライストが想定するミラボーとドルー＝ブレゼ式部官長の間の相乗作用のようなものによって動いているのではないか、という気がしてくる。『ペンテジレーア』では、この作用の何重もの相乗作用の帰結として、ギリシア勢は最強の武将、ミュルミュドン人の領袖を失った。アマゾン族は部族の建国神話に基づくアイデンティティを失い、崩壊へと向かって行くことが暗示されている。

三　封じられた作品

『ペンテジレーア』は、生成しつつある言葉の行き違いが「思考」を、そして「国家」をも破壊してしまうことをテーマにしていると言える。フランス革命後の恐怖政治は、一部の過激派の暴挙ではなく、人間同士が言葉を介して接する以上、完全には回避できない危険の表面化であったのかもしれない。それはいつ表面化するか分からない。不条理である。

これは、近代啓蒙主義にとっては極めて危険なメッセージを含んだ作品だ。無論、ミラボーとドルー＝ブレゼの間の相互作用のような、唇や手の微妙な動きのようなものを、戯曲自体に細かく書き込むわけにはいかない。無理に書き込んでもあまり意味はないだろう。ちゃんと上演しようと思ったら、演出家と役者の技量が問われる。

そういう非常に意味深な作品であるだけに、クライストの同時代人たちの反応は厳しかった。クライストは雑誌『フェーブス』に掲載された『ペンテジレーア』の草稿の一部を、当時ワイマール公国の宮中顧問官だったゲーテに送り、ワイマールの上演のために尽力してほしい、と懇願した。それに対してゲーテは一八〇八年二月一日付のクライスト宛の書簡で、「私はまだ

『ペンテジレーア』となじめていません。彼女が不可思議な部族の出身で、遥か隔たった地域で動いているので、その二つに慣れるには私には時間が必要です」、とやんわり断っている。クライストの死後、ゲーテは、「純粋にのめり込んでいこうとするこの詩人は、私の内に常に戦慄と嫌悪を引き起こす。自然が美しいものとなるよう意図した身体が、急に病に襲われる時のような感じだ」、とさえ述べている。

このゲーテの拒絶反応はドイツ文学史の有名なエピソードである。教科書的に説明すると、美術家史家ヴィンケルマン（一七一七－六八）の影響を受け、調和のとれた理想的な美の世界としてのギリシア像を抱いていたゲーテにとって、カニバリズム（人肉食）を示唆するラストシーンは耐え難かった、ということになる。ただ、少しだけ掘り下げて考えると、初期の作品『若きウェルテルの悩み』（一七七四）から晩年の『ファウスト第二部』（一八三三）に至るまで、愛に起因する狂気や暴力を描き続けたゲーテが、クライストの描く暴力を単純に怖れた、と断定するのも不自然である。また、ギリシア神話を素材にした『タウリスのイフィゲニア』（一七七九、八一、八六）で、ゲーテは、野蛮人をうまく利用して自らの目的を達成しようとするギリシア文化の身勝手さを描いており、一方的なギリシア賛美者でもない――こうした点については、拙著『教養としてのゲーテ入門』（新潮選書）を参照。

ゲーテはクライストに、自分自身の最も暗い部分を見たがゆえに、拒絶したと見ることもできる。自分が敢えてあからさまに表現することを避けてきたもの、人間の根源的な暴力性について の予感を露骨に表現してはばからないがゆえに、クライストを許せなかったのかもしれない。クライストにしても、ゲーテの根の暗さを知っていたからこそ、支援を要請したのではないかと思われる。そのため、かえってすれ違いに終わったわけである。

いずれにしても、『ペンテジレーア』は同時代人から理解を得られず、長い間、上演されなかった。一八七六年になってようやく、ベルリンの王立劇場で上演されている。人間関係上の問題もあって、クライストは生前あまり高く評価されず、他の戯曲も上演される機会は少なかったようである。二〇世紀の二〇年代になって、劇作家のゲルハルト・ハウプトマン（一八六二－一九四六）やフランク・ヴェーデキント（一八六四－一九一八）、文芸批評家のフリードリヒ・グンドルフ（一八八〇－一九三一）など、有力な文学者がクライストを再発見したことで、彼はドイツ文学史の中に確固とした地位を占めることになった。ただ、『ペンテジレーア』は近年まで、本格的に上演されることは少なかったようだ。多くの文芸批評家や文学研究者、そしてフランス現代思想家たちが、このテクストで提起されている問題の重要性を認めているが、それだけに、その核心ともいうべき、ペンテジレーアが最期に見せる狂暴性を舞台のうえで効果的に演出するのが困難だということかもしれない。更に言えば、先に述べたように、そこに至るまでのペンテジレーアの身体に生じる微妙な変化を、役者と観客の間に相当の距離がある通常の舞台で表現するのは、なかなか難しい課題であるように思われる。

四　作品に描かれた世界の構造：多重の破綻

この作品の基本的な構造を一言で要約すると、様々なレベルでのディスコミュニケーションが累積していって、最終的に［嚙み付き Bissen＝キス Küssen＝枕 Kissen］の混同による、冗談抜きのカオスに至るというのものだ。冒頭のギリシア人たちの会話において既に、ディスコミュニケーションの発端が垣間見える。

この芝居全体を通して、啓蒙的理性の代弁者の役割を果たしているように見えるオデュッセウスは、「私の知るかぎり、自然には作用と反作用の力があるだけで、第三のものはないはず」、といういかにも哲学的な台詞を語っている。現代思想風に言うと、理性的な認識を支える二項対立構造をかき乱すものがやってきたのである。

現代においても依然として、ほとんどの国においてそうだが、ましてやクライストの生きた時代、あるいはホメロスによって物語られるギリシア神話の時代には、戦争は基本的に男の仕事である――もっとも、ヘラ、アテネやアルテミスのように、人間の戦争に直接介入したり、男性神を打ち負かしたりする女神もいた。そこに女性だけの軍隊が駆け付けてくるだけで異様なのに、「友／敵」のどっちか分からない不可解な軍事行動を取ったわけである。ギリシア人にとって野蛮の地であったコーカサスからやってきたアマゾンの軍は、「男／女」「友／敵」の二つの二項対立構造を揺るがす存在だったわけである。

アマゾンの軍が自分たちの味方か敵かはっきりさせ、体制を立て直そうとするオデュッセウスたちに対し、アマゾンの女王ペンテジレーアと刃を交えたアキレスは、彼女との〝闘い〟に個人的にのめり込んでいく。最強の部隊を率いるアキレスの勝手な振る舞いは、ギリシア勢にとっては、軍の秩序全体を破壊しかねない極めて危険な行為である。私たちは、「軍隊」というと、単純にマッチョな男たちの世界をイメージしがちだが、アキレスのように個人的な武勲や闘争心の充足を求める英雄的な体質と、組織的な規律を重んじる近代的な軍の在り方は本質的に対立する。アキレスとオデュッセウスの対立にはそうした意味も含まれている。

因みに、この戯曲の中でも少しだけ言及されているように、ホメロスの『イリアス』では、ギリシア軍の総大将アガメムノンとアキレスは、捕虜の女性の扱いをめぐって仲違いし、それが原因でアキレスは一時戦線から退いている。登場人物同士の会話から、戦線に復帰したアキレスが、親友の敵であるヘクトルを討ち取ったしばらく後の、ギリシア勢優位に戦闘が継続している時期に物語の舞台が設定されていることが分かる。『イリアス』で描かれているギリシア軍は、ギリシア各地を治める領主たちが率いる部隊の寄せ集めであり、ミケーネ王であるアガメノンが最も強い発言権を持っているが、彼の地位は近代的な絶対君主のそれからは程遠い。

クライストはそれを、近代的な軍の秩序を確立しようとするアガメムノン－オデュッセウス・ラインと、それに抵抗し、個人的な武勲と欲望の成就を追求するアキレスの間の一種の二項対立構造に置き換えている――もっとも、ペンテジレーアに殺されかける直前のアキレスは、武人としてのアイデンティティを忘れ、友に助けを求める、弱々しい近代人になり下がっているが。

同時代的な背景として、ヨーロッパ諸国の軍隊の近代化ということがある。フリードリヒ・ヴィルヘルム一世（一六八八－一七四〇）とフリードリヒ二世（一七一二－八六）のもとで中央集権化を進めていた、クライストの祖国プロイセンでは、大規模な常備軍が創設されつつあった。しかし、将校は世襲貴族出身者がほとんどで、十分専門的に訓練されていなかった。そのプロイセン軍が、フランス革命後に導入された徴兵制で鍛えられ、天才的軍略家であるナポレオンに率いられるフランス軍に大敗したのをきっかけに、プロイセンでは、シャルンホルスト（一七五五－一八一三）による本格的な軍制改革が行われ、参謀本部を中心とした指揮命令系統が確立されていった。『戦争論』（一八三二）で有名なクラウゼヴィッツ（一七八〇－一八三一）はシャルンホルストの弟子である。クライストは十五歳から二十二歳までの七年間プロイセン軍に勤務しており、彼が『ペンテジレーア』を執筆したのは、シャルンホストによる改革がちょうど始まった頃である。

では、アマゾンの女たちは独自の慣習によってしっかりしたアイデンティティを共有し、女王の下で一心同体で行動しているかというと、そんなことはない。アマゾンの女たちが最初に直接登場する第五場で、あくまでもアキレスに勝利して、彼を戦利品として持ち返ろうとするペンテジレーアと、彼女をとめようとするプロトエの間でちょっとした行き違いが起こる。

自分の相手となる男に武力で勝利して、戦利品として故郷に連れ帰って交わるというアマゾンの掟を守ろうとする態度は両者に共通している。しかし、最高の相手を見つけて勝利しなければならないと信じているペンテジレーアと、早く結果を出すことが重要だと思っているプロトエを始め、他のアマゾンの女たちとの間には認識の隔たりがある。その隔たりが、ペンテジレーアにとって、彼女に最も近く、よき理解者であるはずのプロトエとの間で最初に表面化したことが、事態が複雑化していく可能性を暗示している。

それに続く第六場は、幕間劇のようにも見えるが、ここでは、アマゾンたちの習俗に関する重要な情報がいくつか提供されている。幼い少女たちは、花を集めて冠を作るという、近代人がイメージするいかにも少女らしいことをやっている。彼女たちは、戦士として戦うことができ、かつ母親になることができる大人の女性になることに憧れている。アマゾン族にとって、大人になることは、女性として成熟すると同時に、戦士として成熟することでもある。

そして、少女とも大人の女性とも異なる、第三のカテゴリーとして、祭司長と巫女たちがいる――原語では祭司長は〈Oberpriesterin〉、巫女は〈Priesterin〉で、それぞれ「祭司（司祭）長」を意味する〈Oberpriester〉、「祭司（司祭）」を意味する〈Priester〉の女性形である。彼女たちが、処女神アルテミスに仕える巫女だとすると、生涯にわたって処女のままではないかと推測できるが、そこは作品の中では明らかにされていない。ただ、祭司長は他の巫女たちとは根本的に異なる特別な役割を担っているようである。第六場で、捕虜にした男たちの扱いを知らない戦士たちに、祭司長はアドバイスをしている。バラの祭に男たちを連れて行き、交わりを結んだうえ、それなりに満足させて穏便に帰国させるにはどうすべきかのテクニックを知悉しているように見える。

男を自分たちの共同体から完全に排除するだけでなく、その時々で必要となる男を狩に行くことでアマゾンの国が存続していられるというのは、かなり不自然な設定ではある。純粋に女性中心の原理だけで運営されているわけではなく、裏では、祭司長のように、男性社会における女性像をよく理解している存在が、外の世界とのうまく折り合いを付けているとすると、それなりの説得力がある。アキレスの獲得に拘るペンテジレーアと、早くことを収め、例年通りにバラの祭を実行しようとする側近たちとの齟齬が顕在化するにつれ、祭司長が、全体の代弁者になっていくのは、彼女がこの国の儀礼的な面の代表であるだけでなく、極めて現実的な側面から管理する役割を担っていることを象徴しているように見える。祭司長の俗っぽいキャラクターに疑いの目を向けると、アルテミスの神託という形で、何か政治的思惑が働いているのではないかと推測することもできよう。

祭司長以外にもこの芝居には随所に思わせぶりな言動をするキャラクターが出てくるが、自分自身の心の状態をよく分かっていない主人公ペンテジレーアについで思わせぶりなのは、プロトエだろう。プロトエは、アキレスに拘って暴走しがちのペンテジレーアと、祭司長やメロエたちとの間をとりもとうとしている。彼女はペンテジレーアの最も忠実な側近だが、アマゾンの社会の〝常識〟を弁えており、祭司長たちの言い分の方が理に適っていることも分かっている。だから葛藤する。その意味では分かりやすいキャラクターとも言えるが。第九場に気になるやりとりがある。

プロトエ　痛みを鎮めてさしあげましょうか——

ペンテジレーア　いらない、いらない、いらない。
プロトエ　さあ、気持ちを落ち着けるのです。ちょっとの間に、全てが終わります。

これは同性愛的行為を示唆しているように見える。他のアマゾンの女たちは、二人ともおかしなくなったのかと呆気にとられるが、これは、この二人の関係が特殊だということか、それとも、こういう戦場ではさすがに場違いというだけで、一般的に行われていることなのか。第六場の少女たちが、部族の英雄に花の冠を捧げるという話は、同性愛的とまでは言えないが、宝塚への憧れに似たような印象も受ける。

ただ、そういう女同士の親密な関係があったとしても、ペンテジレーアはそれによって満足することなく、自分に固有の獲物を求める。アマゾンの女たちの中でも浮いてしまうのは、他のアマゾンにも理解しがたい、彼女の特異なキャラクターゆえなのか。

第十五場で、ペンテジレーアはアキレスにむかってアマゾンの建国神話と、自分の生い立ち、そして母の早世について語っているが、この三つの要素の相関関係にカギがあるのかもしれない。もしかすると、アマゾンには、バラの祭で男女がどのような関係を持ち、どのようにして男たちを送り返すのか、母が子に伝える慣習があるのかもしれない。母が病床にあったペンテジレーアは、きちんと秘儀を伝授されていなかった可能性がある。それゆえ、建国をめぐるタナイスの神話をあまりにもストレートに受けとめてしまい、タナイスに相当することを成し遂げねばならないと思い込んでしまった可能性がある。だとすると、母たちからいろんなことを教わったプロトエやメロエとも、一番肝心なところで話が通じなくてもおかしくない。ペンテジレーアがアキレスと遭遇した時、こうした一連の認識枠組みのギャップが顕在化し始め、彼女を次第に追いこんでいく。

五　メタファーによる浸食

この作品では広い意味での「メタファー」、言葉の多義性が物語を進行させるカギになる。一番目立つのは、「弓 Bogen」と「矢 Pfeil」のメタファーである。戦場であるので、弓矢は他者の命を奪う道具であり、実際そうなのだが、しばしば「愛の矢」でもある。第四場でのアキレスの「羽根が生えた仲人役 Brautwerber（…）gefederte」という表現や、第七場でのアマゾンの中隊長の「アモールの矢 Pfeile Amors」という表現で、そうした含意が示されている。ただ、第一場で既に、ペンテジレーアの身体の描写によって、その両義性が暗示されている。オデュッセウスは、アキレスを見た時のペンテジレーアの様子について、以下のように述べている。

ところが、ちらっとペレウスの息子に目がいった途端、その顔は染まっていき、首根っこまで真っ赤になった。まるで彼女の周りの世界が一面真紅に燃え上がったみたいに。女王は体をぴくぴくさせながら――暗い視線をアキレスに投げかけ――馬の背からおり立つと、（…）

これは、近代人の目から見れば、明らかに一目ぼれの兆候である。ところが、そこは戦場であり、オデュッセウスたちはアマゾンの女たちの正体と意図を摑みかねている。だから、オデュッセウスも、ペンテジレーアがアキレスに恋していると断言しない。このオデュッセウスの台詞は、以下のように締め括られる。

すると、女王は怒りと恥じらいの、いずれともとれたが、鎧の帯のあたりまで染まるほど頰を赤らめ、とり乱し、かつ誇り高そうに、しかも同時に荒々しく、私の方に顔を向けると、わらわはアマゾン族の女王ペンテジレーアである、返事は矢筒の中から送ることにしよう、と言い放ったのだ。

（観客・読者である西欧近代人を代理して）事態を最も〝客観的〟に見ているオデュッセウスにも、ペンテジレーアの頰が赤らんでいることの意味ははっきり解読できない。ペンテジレーアの身体に生じる変化の両義性と、弓の両義性が共振しているかのように、物語は進んでいく。

男を知らない美しい女戦士（ヒロイン）が、自分の内に起こる変化に気付かないというのは、現代の恋愛ドラマやアニメなどでよく見られる、ありがちの場面ではあるが、この作品では、それが徹底されている。現代のサブカルでよく見かけるアマゾネスたちは、本当は自分たちが恋していることを知っており、それに恥じらいを覚えて余計に赤くなる。しかし、純粋に女だけの部族の女王でありながら、アマゾンの部族に伝わる秘儀を十分に伝えられていなかったペンテジレーアには、自分の内に起こる変化を常識的に解釈し、欲望を処理することができない。その孤高の女王であるがゆえに、誰も、彼女の内の未分化の欲望を制御することができない。そのため、恋愛コメディーとして収束する機会が何度か失われ、悲劇というより、非人間的な結末へと突き進んでいく。

ペンテジレーアの身体自体が、限界まで引き絞られた弓の「弦 Sehne」、一度放たれると軌道を変えることのできない「矢」のように描かれていると見ることもできる。第三場でアイトリア人は、人馬一体となった、ケンタウロスのごときペンテジレーアの進撃を、「弓の弦から放たれたような駈け方だ」と形容している――ケンタウロスについては、後述する。

弓矢の両義性と共振しているのは、ペンテジレーアの身体だけではない。第十場では、アキレスが「やめろ、やめろ。お前たちの目の方がもっと確実に命中しそうだ」と、戦場には場違いな軽口を叩いた後、アマゾンの戦士たちは、隠れていたギリシア人の射手によって次々と射とめられていく。この場面だけ切り離して読むと、文字通りの意味でしかないが、それまでの経緯を踏まえると、あまり男に免疫がなかった彼女たちの内に、急に性的欲望が喚起されて、調子が狂ってしまったとも考えられる。物理的に矢に当たったのではなく、アキレスあるいは彼の部下の男たちの視線に刺し貫かれて倒れたのだとすると、ドタバタ喜劇であるが、男たちの視線に動揺して、動きが鈍くなり、矢を避けきれなかった、という解釈も可能だろう。

第十五場のペンテジレーアによって語られる建国神話によって、アルテミスの象徴でもある「弓」がアマゾンのアイデンティティにおいて中心的な位置を占めていることが分かる。彼女たちは、弓を射る際に邪魔にならないよう、片方の乳房を切り取る。アマゾンたちは戦士として成人するために、女性の性的欲望の象徴を切り捨てるわけである。

しかし、「そうした情はこの左の方に避難している。おかげで、以前より心臓に近い場所に宿ることになった」というペンテジレーアの言い分から伺えるように、彼女たちは「愛」を完全に封印しているわけではない。精神分析的に考えると、愛、あるいは性欲を抑圧することによって、かえって、無意識の内でそれが強まっているかもしれない。しかも、アマゾンたちは弓矢を、バラの祭で自分と交わる男を狩るための道具としても使う。そうすると、武器としての矢を狙いの男に放つ時には、当然、その行為には「愛」が込められていることになる。

その意味で、「羽根が生えた仲人役」とか「アモールの矢」という表現は、単なる比喩ではない。ただし、それは通常イメージされている「アモール」とはかなり異なる。「アモールの一番効き目のある毒矢 der giftigste der Pfeile Amors」という表現が、アマゾンの「アモール」のまがまがしさ、暴力性を表わしていると見ることができよう。

「弓矢」が戦争の暴力と愛（性的欲望）の両者を象徴しているというのは、アルテミスに仕える女だけの部族、というこの演劇の神話的舞台設定ゆえのことであって、「アモールの弓」というのは単なる比喩ではないか、という印象を読者は受けるかもしれない。果たしてそうだろうか。どうして、アモール＝エロス＝キューピッドは、弓で愛を伝えるのか。ギリシア神話になじんでいない日本人も、この比喩をあまり不自然感なく受け入れ、実際に使っているのはどうしてだろうか。

ざっくりと言ってしまえば、「愛」には、「狩猟」のような残虐性、手に入れたい相手と強引に同化しようとする、原初的な暴力性が伴っている、ということだ。男が、女性と性的関係を持つことを、狩猟のように考えているという話だと、ありがちの男の身勝手や妄想としか受け取られない。しかし、女性が文字通り、武力で闘いを挑んで男を「狩る」、となると、異様な感じがする。アマゾンの女たちは、武力にすぐれた相手に戦いを挑み、戦闘不能な状態になるまでダメージを与えたうえで、捕虜として連れ帰らねばならない。

近代人にとっては奇妙な光景だ。だが、女性においては、「愛」と、狩猟・戦争的な「暴力」は分離しているというのは、家父長的な価値観を持った男の視点を基準にした、先入観ではないのか。ホメロスの叙事詩では、雷神ゼウスは、家父長的に振る舞うが、ギリシア神話の中には、愛と暴力に分化していない原初的な暴力性を発揮する女神は少なくない。大地母神であるガイアは、自らが生んだ天空の神ウラノスの間に、ティタン神族を産むが、ウラノスが我が子たちを冥界に閉じ込めてしまったため、それに怒り、末の息子クロノスに命じて、ウラノスの男性器を切り取らせている。

ゼウスの妃であるヘラや戦争の女神でもあるアテナは戦闘力において優れているとされるが、この劇との関係で重要なのは処女神で、（その見かけが弓で形容されることもある）「月」の女神であると共に狩猟の女神でもあり、アマゾンの祭神であるアルテミスだろう。アルテミスは、ニュンペー（下級女神）たちを従えてアルカディアの森を駆け、鹿を狩る。テーバイの王族アクタイオンは、アルテミスがニュンペーたちと共に水浴びしている光景を見たために、鹿に変えられる。そして、自分の五十匹の猟犬たちによって食い殺される。このアクタイオンの最後は、この戯曲でのアキレスの死の描写に投映されている、と指摘されている。鹿に変容させて食い殺させる(殺す)というのは、性的なものを暗示する情景だ。

「愛」の中核にあるのが、対象を自らの内に取り込み、一体化しようとする原初的欲求であり、それが一方では「愛」による交わりへ、他方で、「戦争」や「狩猟」という形での征服・破壊衝動へと分化するのだとすると、アルテミスの「弓」、それを継承するアマゾンの「弓」が両義的になるのは、むしろ自然なことだろう。クライストは、そうした両義性の原型を、ギリシア神話の世界に求め、ペンテジレーアという、その身体の中で愛と暴力が未分化の状態のまま走り続ける形象を作り出したのである。

この視点から、物語の進行に深く関わる他のメタファー系も読み解くことができよう。登場人物はたびたび復讐の女神エリニュスあるいはそのローマ名であるフリアイ、及び、その内の一人であるメガイラの名を口にしている。これらは、アキレスをなかなか獲物にすることができないで怒り狂うペンテジレーアの暴力性を示す表現だが、一カ所、エリニュスのもう一つの側面を表わすエウメニデスという呼称が使われる場面もある。第十四場のペンテジレーアの台詞である。エウメニデスは、慈愛深き者たちという意味であり、エリニュスの名前を口にすることが憚られる場面で、敢えて逆の意味合いのこの呼称が使われたとされている。ただ、アイスキュロスの悲劇『エウメニデス』のように、復讐の女神が慈愛の女神に役割転換することを示唆する例もある。アキレスに勝利した後の、バラの祭の情景を思い浮かべるペンテジレーアは、時折エウメニデスのような優しさを示す。

この第十四場で、ペンテジレーアはバラ摘みの少女たちに、「賛歌 Hymen」を歌わせているが、この〈Hymen〉という言葉は、賛歌が歌われる祝祭、特に婚礼の祭神、そして「処女膜」をも意味する。ギリシア語で婚姻の神を〈Hymenaios〉と言うが、この名称は「膜」を意味する〈hymen〉から来ている。そこから「処女膜」という意味も派生したわけである。「膜」は当然、「処女膜」に限らず、生命体としての人間を、他者あるいは異物と隔てるあらゆるものを意味し得る。膣そのもの、あるいは子宮かもしれないし、それらを象徴する大地母神の母胎であるかもしれない。婚礼の賛歌というと、優美な感じがするが、それが根源的には、「膜」に秘められる原初的な力への帰依を含意していたとすると、グロテスクな感じがする。

「膜＝賛歌」と深く関係しているのが、「バラ」である。周知のように、「バラ」は、性的なものといろんな形で結び付いている。ギリシア＝ローマ神話では、美の女神アフロディテ（ヴィーナス）やその息子である愛と性の神エロス（アモール）、あるいは、葡萄酒と酩酊の神ディオニュソスを象徴する花であった。ローマには、〈rosalia〉と呼ばれる「バラの祭」があった。これは死者を記念するための祝祭だが、それはバラなどの花が若返りや再生の象徴だったからである。キリスト教では聖母マリアの処女性と結び付けられた。キリスト教の「ロザリオ rosa-rium」の本来の意味は、「バラの冠」である。「バラの冠」もまた、この戯曲の中のアマゾンたちにとってお互いの関係において、あるいは、獲物にした男と関係を結ぶに際して、重要な意味を担っている。

第十五場で「お前の美しい唇の香り」を嗅いでいるというアキレスに対して、ペンテジレーアは、「匂いを撒き散らしているのは、バラではないか――いや、何でもない、何でもないのだ」、と答えている。「バラ」を自らの性器と重ね合わせているように見える。譬えているというより、自分の身に起こっていることを把握し切れない状態、混沌とした意識の中で、バラと性器の区別がつかなくなっているようにも思える。

六　器官なき身体

「単なる譬え」と「現実」の混同、あるいは「単なる比喩」が「単なる比喩」に留まらない、ということが物語のカギになっているわけだが、それがどのように頂点に達したかは、二十三場でのメロエの証言を通して明らかになる。ペンテジレーアの、アキレスの「心臓 Herz」への噛み付きである。ドイツ語の〈Herz〉、英語の〈heart〉、フランス語の〈cœur〉など、西欧の主要言語では、「心」と「心臓」が同じ言葉であるため、両者のイメージをリンクさせた表現が多々ある。「心臓がどきどきする Das Herz klopft」という文は、現実に心臓の鼓動が激しくなったことと同時に、その原因となった、恋愛感情をも意味し得る。この劇の随所で、ペンテジレーアの身体に現れるその両義性が強調されている。

ただ、「相手の心を獲得する」と「相手の心臓を獲得する」だと、全く異なった意味になり得る。通常は、恋愛や信頼に関わる前者の意味から、野蛮さを連想させる後者の意味に自然と移行することはない。しかし、アキレスの「心」に食らいつこうとしたペンテジレーアは、彼の「心臓」に食らいついてしまう。

このことに後で正気に返って気付いたペンテジレーアは、「接吻（Küsse）と噛みつき（Bisse）、韻が合うではないか」と述べている。この二つに加え、第四場の「枕 Küssen」も含めた三つの言葉が韻を踏んでいる。「枕」を意味する名詞の綴りは、近代ドイツ語では通常〈Kissen〉だが、「接吻する」という意味の動詞〈küssen〉は方言によっては、これとほぼ同じ発音になる。クライストは敢えて〈Kissen〉の古い綴りである〈Küssen〉を使うことで、「接吻（すること）」と同音であることを強調していると思われる。この三つは単に音が近いというだけでなく、「接吻」と「枕」は性的欲求という観点で、「接吻」と「噛みつき」は口で行う行為であるという点で、実体的にもつながっている。

この劇の中心的なテーマというべき、「接吻」と「噛みつき」の繋がりをどう解釈すべきだろうか。第十五場でペンテジレーアが語る、アマゾンの初代女王タナイスとエチオピアの王ウェクソリスの間の偽りの結婚式にその原型があるように思える。女たちは、憎むべき男たちの心臓に剣を突き立てるという意味で、彼らの胸に「接吻」した。この原風景をペンテジレーアが無意識の内に、繰り返した可能性がある。

ただ、この建国神話の更に背後にあると思われる、口で行われる行為としての「接吻」と「噛みつき」の連関に注目しておくべきだろう。口というのは様々な行為を行う器官である：「食べる」、相手への攻撃として「噛みつく」、物体を運ぶため「咥える」、愛着の現われとして

「舐める」、接着などのために「舐める」、「接吻する」、性行為の一環として「舐めたり、噛みついたりする」、言語を「語る」、叫び声を「発する」……。

成人はこれらを、はっきり意識することなく、使い分けている。しかし、物心のつかない乳幼児にとってはどうか。乳幼児が何かに「噛みつく」時、食物とそうでないもの、愛情(愛着)表現と攻撃の区別がはっきりついているようには見えない。自らの身体の内で生じている、何らかの未知の欲求が更に付加されているかもしれない。フロイトのリビドー(性的欲動)発達段階論によると、五段階の最初が「口唇期 die orale Phase」で、この段階にある乳幼児は唇から(性的)快楽を得る。乳児にとって、最初の主たる快楽の対象は、母親の乳房、あるいはそこから流れてくる母乳だが、対象に吸いつくという形で快楽を得ようとする口唇を中心とする欲動は、乳房や飲食物以外の「対象」にも向けられる。精神分析の発達段階論に批判的な立場の人でも、自らの身体をうまくコントロールできない乳幼児に、口による対象との接触によって刺激を得ようとする傾向があることは認めるだろう。他人の身体やおしゃぶり、玩具などに噛みついたり、しゃぶったりする傾向である。

犬たちと一体になったペンテジレーアによる「接吻」と「噛み付き」の混同は、言語と意識が未発達なだけでなく、身体機能さえも未分化な原初的な状態への回帰を意味すると考えることができる。発音される言葉の分節化、「噛む」と「接吻する」という口の二つの機能の分節化が、愛という感情と暴力衝動の分節化が無効になり、ペンテジレーア自身が何を欲しているか把握し、コントロールできない、原初のカオスに支配されたわけである。「カオス」という言葉は、この芝居では、第二場での隊長の報告と、第三場でのドロペス人の報告と、二回出てくるが、ギリシア語の〈χάος（kháos）〉の語源とされる、動詞〈χαίνω（khaínō）〉は、「口を大きく開ける」という意味である。

彼女の身体は、「器官なき身体 Corps-sans-organes」に近い状態にあると言えるかもしれない。「器官なき身体」は、元々、俳優と観客の双方の身体に対して暴力的な刺激を与え、無意識の欲望を引き出す「残酷演劇」で知られるフランスの劇作家アルトー（一八九六‐一九四八）の概念だが、一九七〇～八〇年代の現代思想に圧倒的な影響を与えたドゥルーズ（一九二五‐九五）＋ガタリ（一九三〇‐九二）が『アンチ・オイディプス』（一九七三）において哲学的な意味付けを与え、現代思想・芸術論のキーワードとして広く知られることになった。

「器官なき身体」とは、器官ごとの機能に分化される以前の身体の状態、更に言えば、母胎と一体となった胎児のような身体の状態である。「器官なき身体」においては、様々な方向性――食べたい、破壊したい、愛したい……等――を持った欲動同士の対立による緊張関係は顕在化していない。「語りながら次第に思考を練り上げていくことについて」でのクライストの比喩を援用すれば、「電気（電荷）状態ゼロ」である。無論、生物学的には胎児の内から既に機能分化が起っているわけであり、それはアルトーやドゥルーズたちも承知である。身体、あるいは、我々の内の最も根源的な欲動が、そこへの〝回帰〟を求めている仮想の〝原初的〟身体である。

ドゥルーズ＋ガタリは、「器官なき身体」と、成長に伴って私たちの身体の内で働くようになり、様々な欲動を生産／再生産する各種の「機械 machine」を対置する。この場合の「機械」というのは、自動的に同じパターンの運動を反復するユニットである。例えば、噛みつくという行為は、歯と唇を中心にしながら、頭や手足などの関連する器官も動員して対象にアクセスし、対象との接触によって得られる一定の刺激が各器官にフィードバックして快感を得させ、その快感の量に従って、噛みついている状態を持続させたり、飽和すると中断し、一定の間隔をおいて、再開する「欲望機械 machine désirante」によって担われていると考えられる。性交であれば、性器を中心に他の器官が動員され、性的快感の充足度によって、同じ運動を反復する「欲望機械」が働いていると考えられる。無論、(多くの場合、他の人間の身体や動植物である)「対象」は、「機械」にとって都合よく処理されるわけではなく、抵抗したり、変則的な反応をしたりするので、「機械」の運動は様々な偶発的な要因によって妨げられる。

ドゥルーズ＋ガタリは、人間を、一つの人格として身体的に統合されている存在ではなく、「器官なき身体」の上で働く、様々なタイプの「欲望機械」の連鎖と見ている。これは、PCで譬えると、OSだけ備えたPC(器官なき身体)に、段階的に各種のアプリ(機械)をダウンロードして、使いやすいPCにしていく過程(人格の発達)として理解できるだろう。各種アプリは、動作するに当たって作業領域やメモリー、スクリーン、カメラ、プリンターなどを利用する。アプリは「外」からダウンロードするので、必ずしもOSと相性がよくないし、相互に干渉し合うこともある。同時に複数のアプリを起動すると、どれかの動作が止まったり、全てフリーズしたりする。また与えられたデータを処理し切れないこともある。

ドゥルーズ＋ガタリは、人間とは、「器官なき身体」と各種の「欲望機械」が段階的に組み合わさった、つぎはぎだらけの存在と見ているわけである。だとすると、ミラボーと式部官長の間で偶然生じた相乗効果のようなものによって、「機械」同士の間の緊張が極度に高まると、「機械」の間のバランスが崩れて、「身体」が誤作動を起こす、つまりどの「機械」によってコントロールされているのか分からない状態になると考えられる。ペンテジレーアにおいては、「噛む」ことで栄養を得ようとする「機械」と、「接吻する」ことで性的刺激を得ようとする「機械」が混線して、「身体」全体が誤作動を起こした。誤作動が止まった後、二十四場での彼女はしばらくの間、自らの置かれている状況を把握していない様子で、周囲の者たちの働きかけに対して、受動的にしか反応しない、物心のつかない幼児のようになっている。それは、彼女を支配していた「機械」の多くが停止した時に現れた、「器官なき身体」ではなかったのか。

七　戦争機械

ドゥルーズ＋ガタリが「機械」と呼んでいるのは、主として人間の身体の上で動作する「欲望機械」であるが、それだけではない。独自のリズムで自動運動を続けるユニットは、生物であれ、無生物であれ、「機械」である。人間の身体と、通常の意味での機械や道具が一つのユニットを形成して「機械」として運動することもある。自転車や車を運転している状態、筆記用具やＰＣで文章を書いている状態、運動器具を付けてトレーニングしている状態なども「機械」と考えられるし、群衆、スポーツチームや会社、国家など人間の集合体や社会が「機械」として機能することもある。

『ペンテジレーア』では、こうした意味での「機械」が様々な形で登場する。女ケンタウロスと呼ばれるくらいに人馬一体となって崖を駆け上がり、平地で弧を描くように疾走するペンテジレーア＋馬の動き、ギリシア勢にもトロイ勢にもなかなか読めないアマゾン軍の動き、鎌付きの戦車に乗った錯乱したペンテジレーアを中心に犬や像たちが一体となったマルスの化身がアキレスを追い詰めていく動き、二匹の犬と一体になったペンテジレーアのアキレスの心臓への食いつきの運動……。建国神話に基づく厳格な規律の下に集団的アイデンティティを維持し続けた「アマゾン」というシステムも、巨大な機械と見なすことができる。

ドゥルーズ＋ガタリは第二の共主著『千のプラトー』（一九八〇）で、『ペンテジレーア』を「戦争機械 machine de guerre」の例として取り上げている。「戦争機械」というと、我々は国家によって組織された軍隊を思い浮かべるが、ドゥルーズ＋ガタリによると、「戦争機械」は元々決まった領域に属するものではなく、領域を絶対的に支配する「国家」とはむしろ対立する。軍隊というのは、「国家」が「戦争機械」を強引に自らの内に取り込んだ、非本来的な形態にすぎない。彼らはクライストを「戦争機械」を描き続けた作家と見ている。プロイセンが軍事国家化するきっかけとなったフェールベリンの闘いを背景に、プロイセン軍の指揮官となった貴族の葛藤を描いた『ホンブルクの公子フリードリヒ』や、ルターの宗教改革が進行していた時代に、ザクセン選帝侯の理不尽な支配に対して大規模な反逆を起こした市民を主人公とする『ミヒャエル・コールハース』などは、『ペンテジレーア』と並ぶ、「戦争機械」の物語として読むことができる。

『千のプラトー』で、「戦争機械」のモデルとされているのは、遊牧民だ。チンギスハーンやティムールの帝国は、西欧的な領域国家の延長線上にあるものではなく、「戦争機械」が独自の発展を遂げて巨大化したものである。

先に、戦士・英雄としてのアキレスと、国家秩序を代表するアガメムノンやその代理人であるオデュッセウスの間の対立に言及したが、ドゥルーズ＋ガタリもこの点に注目し、更に詳細に分析している。アガメノンは、単純に個人の権力で支配しようとする古代国家の古いタイプの政治家であり、アキレスは彼に対しては自己主張し、抗うことができた。しかし、最初の近代的な意味での国家の政治家であり、全ての武器を国家の法の管理化に置こうとするオデュッセウスにはうまく対抗できない。アキレスとオデュッセウスの間の微妙な関係を描いている点で、ドゥルーズ＋ガタリはクライストを評価する。


というのも、『ペンテジレア』において、アキレスはすでに自分自身の力能から引き離されており、戦争機械は国家なき女性の民であるアマゾネス族の方に移動し、彼女らの正義も宗教も愛欲も、もっぱら戦士的様態で組織されているからである。スキタイ族の子孫であるアマゾネス族は、ギリシアとトロイの二つの国家の「間」に稲妻のように出現し、あらゆるものを掃討しながら通り過ぎていく。アキレスはペンテジレアという自分自身の分身に直面し、愛憎の入り交じった闘争の中で、戦争機械と結合し、ペンテジレアを愛さざるをえなくなる。つまりアガメムノンとユリシーズを共に裏切らざるをえない羽目になる。しかしアキレスはすでに十分にギリシア国家に所属していたから、ペンテジレアの方もアキレスと熱情的な戦争関係に入っていくときには、彼女の属する民の集団的掟を裏切らざるをえない。群れのこの掟は、敵を「選択」することを禁じ、顔と顔をつき合わせる関係、つまり二項的弁別の関係に入ることを禁じているからである。（宇野邦一他訳『千のプラトー 下』河出書房新社、二二頁）

『ペンテジレーア』のテクスト自体をきちんと読むと、アマゾンが国家を成していないというのは疑問だし、アマゾンが「選択」を禁じられている対象が「敵」なのかという点も疑問である。ただ、前者については、領土と人口、富をより多く獲得しようとして互いに争う領域国家のそれとは異なる原理によって、アマゾン族＝戦争機械が動いていることを強調するための、誇張した言い方として許容できるだろう。後者についても、アマゾンたちがやっていることは、近代的な意味での〃戦争〃ではなく、近代人の視点から見れば、集団的な狩とも言うべき行為であり、友／敵の二項対立には収まらないことと、個人的な獲物の「選択」を許されていないことを重ね合わせた表現だとすれば、大きな誤りではないだろう。

上記の指摘で重要なのは、アマゾンが元々遊牧民であるスキュタイ系の部族であった点である。二つの点でやや不正確な表現をしているのも、アマゾンの遊牧民性を強調するためだと想像できる。既に述べたように、ドゥルーズ＋ガタリの認識では、「戦争機械」を生み出したのは遊牧民である。遊牧民にも給水地点、居住地点、集合地点などがあるが、定住民族の場合と違って、それらの地点を占有すること自体にはあまり意味はない。移動（運動）し続けるうえで、それらが結果的に意味を持つにすぎない。

ギリシアやトロイは、はっきり区分けされ、統一的に管理される空間――条理空間（l'espace strié）に存在する国家であるのに対し、移動し続けるアマゾン（遊牧民）は、明確な切れ目がなくなだらかに繋がっている空間――平滑空間（l'espace lisse）――に生きる。生まれや縁故と関係なく一定数の人間が隊列を組んだ集団が、固有の速度ベクトルに従って平滑空間を移動し続け、行く手に立ちはだかるもの、自らの動きを止めようとするものを破壊する。それが「戦争機械」だ。

私たちは遊牧民を、知性の低い未開人と見做しがちだが、彼らは地縁や血縁ではなく、数理に基づいて部隊を編成し、高度な冶金技術を有していた。ヒクソス人は青銅器の斧、ヒッタイト人は鉄剣、スキュタイ人は刀をもたらした。彼らはその冶金術を、戦士の体を覆う鎧、乗馬のための蹄鉄や鐙などの製造に応用し、「人間――動物――武器」をセットにして、「戦争機械」の装置として組み込んだ。「アマゾン」は、弓や馬と一体になり武装して、疾走し続ける戦士たちから成る「戦争機械」だ。

戦争機械は「情動 affects」によって動く。そのため、この機械の部品であるペンテジレーアの身体もまた、ギリシア的理性から見ると理解できない動きを見せる。最初にアキレスと遭遇した時、彼女の身体は硬直化する。普通に考えれば、一目惚れだが、ドゥルーズ＋ガタリは、これを戦争機械に時折生じる「カタトニー（緊張症）」と解釈する。「カタトニー」は、「戦争機械」の速度が瞬間的にゼロになった状態である。

騎士は馬の上で眠っている、そして突然矢のように出発する。こうした突然のカタトニー、失神、宙吊り状態と戦争機械の最高速度を最も見事に組み合わせたのはクライストだった。そして彼はわれわれを、技術的要素の武器への生成変化と同時に、情念的要素の情動への生成変化に（ペンテジレアの等式に）立ち会わせるのである（前掲書、一〇七頁以下）

「情念 passion」とは、運動の過程で「欲望」の複合体として生じてくるものであり、ここではペンテジレーアのアキレスに対する「欲望」の複合体と考えればいいだろう。戦争機械にあっては、個々の主体を捉える「情念」が、機械を動かす「情動」へと変換される。彼女の身体は、個人の〝意志〟ではどうにもならない、「戦争機械」の運動に組み込まれているのである。というより、ドゥルーズ＋ガタリ式に考えれば、〝彼女の意志〟あるいは〝彼女の感情〟として現われているもの自体が、アマゾンという「戦争機械」が、それを捕獲して利用しようとする勢力、条理空間を支配し自己拡張しつつあるギリシアという「国家」と遭遇した時に、生じた変則的な動きであって、彼女の個性の現われではない、ということかもしれない。

では、終盤で彼女が「犬」に変貌することは、「戦争機械」論の視点からどのように説明できるのか。ペンテジレーアは、自分の闘いの相手を選んだことで、「戦争機械」を構成する

「群れ」の掟を破り、そこから外れ、異なる形態への「機械」へと変化することを余儀なくされた。ただし、そうした生成変化の可能性は、元々「戦争機械」の中に潜在的に含まれていたと見ることもできる。「戦争機械」は、極めて高い強度（速度）の運動を続けているため、その運動に参与している個々の戦士は、同一のアイデンティティを保ち続けるのが難しい。物体が超高速で運動すると、それを構成する個々の粒子が変質するのと同じ様に。ペンテジレーアとアキレスもそうした変化を被り、自らの「戦争機械」から離脱していった。

ドゥルーズ＋ガタリは、その第一段階として「女性」への生成変化を示唆する。「あらゆる生成変化（devenir）は女性への生成変化（devenir-femme）に始まり、女性への生成変化を経由する」（『千のプラトー 中』、二四五頁）。この場合の「女性」というのは、当然、生物学的な意味での女性ではなく、同一的で固定化した、標準的なアイデンティティの象徴としての「男性」に対して、非同一的で変化しやすいアイデンティティの象徴としての「女性」である。「男性」を意味する英語の〈man〉、フランス語の〈homme〉は同時に「人間」を意味する。「男性＝人間」を基準とする記号・表象体系では、「女性」である「人間」はそれからの変異体である。ドゥルーズ＋ガタリは、未開社会において男性が女性になる仮装の儀礼や服装倒錯が見られることや、戦士が女性に変装して敵の裏をかくというモチーフが神話でしばしば見られることに着目する。ディオニュソスの祭りで男性が女装したことや、ローマの皇帝のカリグラがヴェヌス女神を装って女装したこと、同じくローマ皇帝のヘリオガバルスが自らを両性具有の神と称して女装したことが知られている。北欧神話の雷神トールは、盗まれたハンマーを取り戻すために、女装して霜の巨人の根城に忍び込んだ。アキレスも、彼を戦争から遠ざけようとする母テティスの意向で女装させられ、少女たちの間に隠されていた。この戯曲で、ペンテジレーアに囚われた（ことを演じる）アキレスは、ペンテジレーアとの間での男女の役割が逆転しているように見える。

そうした意味で、「アマゾン」は、「戦士」たちの集団的な「生成変化」の帰結と見ることができる。ペンテジレーアの語る建国神話では、それまでコーカサスに居住していたスキュティア系の部族の戦争機械を担っていた男たちが、エチオピアの戦争機械によって虐殺される混乱の中で、前者の戦争機械において周辺部に置かれていた女性たちが、二つの戦争機械を乗っ取って、新たな戦争機械へと統合し、男たちが占めていた戦士としての役割も担うことになる。狂乱の中でのメンバーの入れ替わり・役割変換という形で一つの「戦争機械」丸ごと女性化したわけである。

この「女性」への「生成変化」は、「動物化」と連動している。ギリシア神話にはケンタウロスのような半分獣の戦士が登場するし、ゼウスを始めとする神々や彼らと関わりを持った人間が動物に変身している。ドゥルーズ＋ガタリも例として取り上げている「狼男」は、北欧神話のオーディンの霊感を受け、狼や熊の皮をかぶり、その動物になり切って闘ったとされるベルセルク（戦士）のイメージと重なる。力の強度が高まっていった極限で、「動物」への生成変化が起こる。

やがて国家に席をゆずるギリシアの戦争機械、そして間もなく崩壊するアマゾネスの戦争機械。この二つの戦争機械がかろうじて余命を保つ世界で、また一連の忘我と眩暈と失神が分子状を呈する地点で、アキレスとペンテジレーアは宿命の出会いをとげる。そして最後の戦士アキレスは女性への生成変化に、少女たちを率いる最後の女王ペンテジレーアは牝犬への生成変化に、それぞれ身を投じていくのだ（前掲書、二四六頁）。

「分子」というのは、「機械」を構成する諸部分が全体の動きにだけ従うのではなく、それぞれが独自の運動をし、それゆえに分裂に傾いている状態である。「戦争機械」は、その激しい運動ゆえに、次第に統一性を保てなくなり、それを構成する諸部分が独自に生成変化を始める。ドゥルーズ＋ガタリは、人間というアイデンティティ自体が絶対的に安定したものではなく、他の形での生成変化の可能性を秘めていると考える。「戦争機械」はその可能性を高める。逆に国家は、生成変化を抑止する。

国家は、自らの勢力を拡大するために「戦争機械」を軍隊として取り込むが、完全に飼い慣らすことはできない。軍隊が戦争に投入され、独自の動きを始めると、国家は内から揺さぶられることになる。クライストの同時代人・同国人であるクラウゼヴィッツは、近代国家の戦争が、国民同士が総力を挙げて衝突し、潰し合う「絶対戦争 der absolute Krieg」へと発展する可能性を示唆している。クライストは、「戦争機械」を利用する国家の危険な兆候をテーマにし続けたのである。

八　「〜らしく」振る舞うことの失敗

　ここまで、『ペンテジレーア』というテクストから読み取ることのできる、哲学的な含意の諸相について考えてきたが、最後に、「演じる」という要因について考えてみたい。戯曲なので、役者によって演じられることを予定しているのは当然だが、ここでは、登場人物同士が互いに演じ合っている可能性について考えてみたい。

　この物語を通してみると、アキレスの変貌ぶりが際立つ。最初に登場した時（第三〜四場）のアキレスは、純粋に戦いそれ自体を愛するギリシアの戦争機械を代表する戦士に見えた。しかし、ペンテジレーアの虜になった彼は、それとは異なる一面を見せ始める。第十一場でアマゾンの陣営に攻め込んだ時の彼は、アマゾンたちとのやりとりを見る限り、女たちに歯の浮くようなお世辞を言って、丸め込もうとする女たらしであるうえ、正々堂々の闘いを挑みながら、部下たちに背後から弓を射かけさせる卑怯者だ。ペンテジレーアに負けたふりをして、彼女の虜になると、通常の男女の役割が逆転したかのように、受け身になる。その後、十六場でギリシア勢が駆け付けると、再び、味方の前で戦士らしく振る舞い始め、ペンテジレーアに決闘を挑むが、肝心の闘いの場面では、鎌付きの戦車にまたがり、犬や象を引き連れたペンテジレーアに恐れをなし、オデュッセウスやディオメデスに助けを求めて逃げまどう。

　こうした彼の態度の変化を見ていると、彼が武力に優れた戦士であることは間違いないとしても、彼の意識は必ずしも純粋に闘うことにだけ向けられているのではなさそうだ。彼は少なくとも、戦士の仮面＝人格（persona）、女たらしの仮面、相手に合わせようとする純粋な恋人の仮面を持っていて、相手ごとに使い分けているように見える。彼に比べて、策略家のオデュッセウスの方がまだキャラクターに一貫性があるように見える――ホメロスの『イリアス』や『オデュッセイア』を通して読むと、彼もまた多くの仮面＝人格を持っている不思議な人物である。

アマゾン族もいくつかの仮面を使い分けているように見える。第六場にそれが集約的に現われている。アマゾンになる前の花を摘む少女たちは、西欧社会の普通の少女たちとあまり変わらない無邪気な様子を見せている。それがある年齢になり、大人になる儀礼を受けると、いきなり戦士かつ母になるというのは不自然だ。アマゾンたちは、少女らしい仮面と、大人の女性の仮面を使い分けているのではないか、と思える。

更に言えば、先に触れたように、捕虜にした男たちを接待しようとしてもうまくいかない戦士たちに、祭司長が手ほどきしようとする場面は、アマゾンの（大人の）女たちが、男と愛し合う女としての仮面と、冷酷に男を殺す戦士としての仮面を使い分けることで生き残ってきたことを示唆しているように思える。男たちと本当に殺し合い、妊娠するための道具として使い捨てにしていたら、他の諸民族の恨みを買って、生き残れない、ということは容易に想像できる。しばしば、古代の悲劇のコロス（合唱隊）のように、アマゾンの共同体を代表して〝みんな〟の本音（らしきもの）を語る祭司長は、戦士の仮面が、アマゾンにとって唯一のアイデンティティではなく、他のいくつかの仮面――少女としての仮面、母としての仮面、恋する女としての仮面、信仰者としての仮面、外交家としての仮面など――を使い分けながら生きて行かねばならないことを、その言動の振れ幅によって示しているように見える。

そうすると、本稿では先にペンテジレーアがアマゾンという共同体からも排除された可能性を示唆したが、彼女もいろんな仮面を使い分けている、あるいは、使い分けようと努力していたのかもしれない、という気がしてくる。戦士としての仮面と、恋する女としての仮面を使い分けしようとしているのははっきりしているが、そもそも彼女は、アマゾンの建国神話や掟を本当に信じていたのか、それとも、信じている自分（純真な王位継承者）を演じていたのではないか、という疑問がある。少しためらったような態度を見せた後で、アキレスに対して長々と、建国神話や掟を長々と語っている様子は、彼女の確信の強さを示しているようにも見えるが、それは逆に、彼女の不安の現われのようでもある。

無論、物語展開の都合上、ペンテジレーアに多くを語らせざるを得なかっただけのことかもしれない。実際その可能性が高い、と思う。いずれにしても舞台で上演する際には、ペンテジレーアが本気で語っているように演じるのか、それとも、立場上そう語らざるを得ない様子で演じるのか、という選択肢がある。どちらを選択するかで全く違ったペンテジレーア像になる。

ペンテジレーアと神話的世界との距離感も気になる。読者あるいは観客である私たちから見ると、アキレスもペンテジレーアも神話上の人物だが、ペンテジレーアとプロトエたちのやりとりを見ている限り、彼女たちと、神々が直接現れる世界の間には距離があるようだ。第九場で、アキレスに対する敗北のショックで錯乱気味のペンテジレーアが、ヘリオスを捉えるとか、（ギガンテスの向こうを張って）「イーダ山を転がして行ってオッサ山に重ね、その頂きに静かに裸で立ってみたい」などと口走っていることに対して、プロトエ、メロエ、祭司長たちは、彼女が正気を失ったのではないか、と心配する。

それは、アマゾンたちにとって、神々の世界は、手の届かない幻想の世界だということだ。ペンテジレーアにとってもそうであったはずだ。アマゾンの〝建国神話〟は神秘的だが、神々は直接的には登場しない。そう考えると、彼女は、敗北の恥辱を誤魔化すために、神々と自分が対等であるかのような、突拍子もない話をわざと始めた、狂気を演じた可能性もある。そうだとすると、アキレスとの決闘に臨んでマルス神の化身になり切ったのも、アキレスを殺してしまった後で狂気に陥るのも、演技の可能性がある。神がかりを装うことによって、自分のことをマルスの娘として慕い、従ってくれている（あるいは、そうであるかのように演じている）アマゾンたちの前で体裁を整え、自分の現実を直視することを避けたのかもしれない。

このように解釈すると、ペンテジレーアは、マルスとアルテミスの化身としての女王という役割をそれらしく演じようとしたものの、それとアマゾンの外の世界の現実との齟齬を埋めることができないまま、破滅に向かう演技、悲劇を演じざるを得なくなったということになる。アマゾンらしさを演じ切ろうとしたがゆえの自滅である。

自分の置かれた立場、与えられたアイデンティティを演じるよう社会的圧力を受けている、あるいは絶えずそう感じている。人間とはそういうものかもしれない。クライストの時代よりも、現代は遙かに文化的に多様化している。しかし、だからこそ、「自分」が誰かはっきりさせるために、わざとらしく演じることが求められる。社会人らしく、ビジネスマンらしく、公務員らしく、官僚らしく、警官らしく、自衛官らしく、教師らしく、知識人らしく、芸術家らしく、芸能人らしく、新人らしく、年配者らしく、中堅らしく、スポーツマンらしく、男らしく、女らしく、日本人らしく……。いろんな「らしく」を使い分けることが求められている。入社試験の採用試験のエントリーシートに見られるように、「らしさ」は年々細分化されている。教養小説の原型とされるゲーテの『ヴィルヘルム・マイスターの修業時代』(一七九六)は、商人らしくなるよう修業することを強いられた主人公が、それに反発し、旅の芝居の一座に加わるが、役者として修業する過程で、芸術家らしく、座長らしく、恋人らしく、父親らしく……など、社会では、いろんな「らしさ」を身に付けることを強いられることを学び、様々な仮面を使い分けられる〝大人〟になっていく。

人種、民族、宗教、ジェンダーによる対立が先鋭化している社会だと、マジョリティによる圧迫を受けているマイノリティの人たちに二重の圧力がかかる。マジョリティの側からは、マイノリティらしく控えめに振る舞えという圧力がかかり、マイノリティ集団の内部では、マジョリティに対抗するため、自分たちのアイデンティティを確認し、結束して自分たちらしく振る舞うよう促す圧力がかかる。アイルランドの民族的祝祭である聖パトリック祭は、アイルランド系の移民の多いアメリカでも開催されているが、この祭りのパレードへの参加を求めるゲイとレズビアンのグループと、彼らはアイルランド的でないとして排除しようとする主催者側の争いは、少数派の中の少数派の問題として知られている。こうした二重の圧力の問題は文学のテーマにもなっている。シリア系クルド人移民として、オーストリアで活動するイブラヒム・アミールの戯曲『ホモ・ハラル』（二〇一七）は、シリアなどイスラム系諸国からの難民がヨーロッパに定住するようになった二〇三七年という近未来を舞台にしている。この作品では、元難民やその子孫たちが、ある場面ではドイツ市民らしく、別の場面ではいかにもイスラム系らしく生きることを強いられる――同性愛や、オリエンタリズムの問題も絡んでくる――複雑な状況が描き出されている。

ペンテジレーアは、男社会とは違ったあり方を内外に対して演じることを強いられてきたアマゾンたちの中で、最強の戦士らしい生き方を演じ続けることを強いられた。だからこそ、その最も極端な姿を演じ切ることによって、「アマゾン」という呪縛、建国神話を、自らの〝アイデンティティ〟と共に破壊したのかもしれない。

九　訳の方針

『ペンテジレーア』には既に二つの日本語訳がある。岩波文庫の一冊として第二次大戦中に刊行された吹田順助訳（一九二六、四一）と、沖積舎のクライスト全集の第二巻に収められている佐藤恵三訳（一九九四）である。いずれも、クライストの古代ギリシア語を真似たような複雑な構文を、分かりやすい日本語に置き換えた名訳であり、非常に参考になった。

すぐれた既訳があるのに、今回新たな翻訳を思い立ったのは、私が八年くらい前からドラマトゥルク（演出家のアドバイザー）として、何回も一緒に仕事をしている演出家の吾郷聡氏の〝劇団〟で、この作品を上演したいと思ったからである——吾郷氏は、常設の劇団は持っておらず、作品ごとに、新しい演劇機械を組み立てている。吾郷芝居では、台詞よりも身体の動き、俳優同士の体の微妙な共鳴を中心に物語が展開する。言ってみれば、身体たちの物語性を重視する。『触覚の宮殿』というタイトルの前作の公演が行われていた二〇一九年の夏、吾郷氏から、「ヨーロッパの古典劇で、我々のコンセプトに合うようなものないですか」と聞かれて、真っ先に、かねてから関心のあった『ペンテジレーア』のことに思い至った。吾郷氏や他の〝劇団〟関係者に話すと、面白そうだったと言ってくれたので、上演に向けて新しい訳に着手した。

訳に当たって心がけたのは、できるだけ分かりやすい現代日本語にするというのは当然のこととして、台本のベースとしてすぐ利用できるようにするのが第一目的なので、役者が台詞として自然に口にしやすくすることと、舞台のうえでの登場人物のキャラクターや人間関係の変化が感じられるような言葉使いにすることだ。文学作品としての読みやすさと、台詞としての語りやすさは必ずしもイコールではない。

これは、西欧の古典的演劇を、現代日本の舞台で上演する時に常に生じる問題だが、登場人物たちの神話や文字、歴史の含蓄をかなり盛り込んだ長広舌は、普通の日本人の口から語られると、どうしても不自然になる。しかし、だからといって、現代っ子が言いそうな台詞に〝超訳〟してしまうと、別の人物、別の物語になってしまう。日本人が、会話の途中でアレスとかフリアイとかテティスといった神々の名をしょっちゅう口にし、神々と英雄の血縁関係に言及すれば、どっちみち不自然である。

通常は、日本人が勝手にイメージする古代ギリシア悲劇とかシェイクスピアの世界を様式化して、その世界の中での〝自然さ〟を追求するしかないのだが、『ペンテジレーア』は、ギリシア悲劇そのものではなく、一九世紀初頭のドイツ人が、自分たちの現実に重ね合わせるようにイメージした、〝ギリシア悲劇の世界〟を背景に展開する作品である。しかもゲーテを始めとする当時の文壇の主流派のイメージする、古典的な「ギリシア」像に対するオルターナティヴの〝ギリシア〟像を描くことが意図されている。この解説の中で既に述べたように、キリスト教やゲルマン神話の要素も盛り込まれている。そうした複合的な要因のために、統一的なイメージを持ちにくいうえ、吾郷芝居では、言葉と身体の関係が重視される。どんな身体の人が口にするかもある程度念頭におかないといけない。

結局、訳者である私がある程度慣れ親しんでいる、演劇や映画、海外ドラマの吹き替え、アニメなどの言葉遣いをいろいろ混ぜ合わせて、ペンテジレーア、アキレス、プロトエ、祭司長などに相応しいと思える言葉遣いを考え出した。注意深い読者であれば、一人称と二人称の使い分けや、敬語か普通語かなどに関して、若干のぶれがあることに気付いたと思う。それらは、(私の単純なミスも含まれているかもしれないが)基本的に意図的なものである。ドイツ語の原文には、当然、そうした呼称や言葉遣いのブレはない。同じ言葉はできるだけ同じ日本語に訳すのが文学作品を翻訳する時の基本であろうが、日本語で語る場合、関係性の変化や感情の起伏によって、ある程度の変動はあった方が自然だと判断した。

なお、翻訳とこの解説の執筆に際しては、吾郷氏の他、吾郷芝居の常連になっている太田宏さん（青年団）や辻本佳さん（ダンサー）、今回、ペンテジレーア役をお願いしたMarie Hahneさん（舞台美術家）たちとの会話が非常に参考になった。

二〇二〇年十月、京都のTheater E9での上演を目指して、一九年秋から打ち合わせをしてきたが、周知のように、新型コロナウイルス問題が浮上したため、直接みんなで集まって、稽古するのが難しくなった。そのため、当面、Zoomでの会議を通じて、読み合わせ稽古や舞台美術・音楽についての議論をするという異例の事態になった。いろいろ不便だったが、そのおかげで、かえって作品の解釈をめぐって議論する機会が増えたし、「コロナ」を強く意識したおかげで、上演に直接応用可能ないくつかの新しいアイデアも浮かんできた。

無事上演が可能になり、そうしたアイデアがどう生かされたか、本書の読者が自分の目で確かめられるようになることを、強く願う次第である。

二〇二〇年六月　金沢市角間町の金沢大学キャンパスにて

訳者紹介

仲正昌樹（なかまさ・まさき）

1963年広島生まれ。東京大学総合文化研究科地域文化研究専攻博士課程修了（学術博士）。現在、金沢大学法学類教授。専門は、法哲学、政治思想史、ドイツ文学。古典を最も分かりやすく読み解くことで定評がある。また、近年は、『Pure Nation』（あごうさとし構成・演出）でドラマトゥルクを担当し自ら役者を演じるなど、現代思想の芸術への応用の試みにも関わっている。著書に『集中講義！日本の現代思想』、『集中講義！　アメリカ現代思想』（以上、ＮＨＫブックス）、『今こそアーレントを読み直す』、『ヘーゲルを超えるヘーゲル』（以上、講談社現代新書）、『〈戦後思想〉入門講義』、『マルクス入門講義』（以上、作品社）ほか多数。

ペンテジレーア

2020年10月1日　初版第1刷発行

著　者　ハインリヒ・フォン・クライスト
訳　者　仲正昌樹
発行者　森下紀夫
発行所　論創社
東京都千代田区神田神保町2-23　北井ビル
電話　03(3264)5254
振替口座　00160-1-155266

カバーデザイン　奥定泰之
イラスト　東海林ユキエ
本文デザイン・組版　アジュール
印刷・製本　中央精版印刷株式会社

ISBN 978-4-8460-1952-5 C0074
落丁・乱丁本はお取り替えいたします